Hinter Frack und Fliege

Lutz Lüdemann

Hinter Frack und Fliege

Intime Geschichten um
die Wiener Symphoniker
von 1977 bis 1988

Bibliographische Information der Deutschen Nationalbibliothek:
Die Deutsche Nationalbibliothek verzeichnet diese Publikation in der Deutschen Nationalbibliografie; detaillierte bibliografische Daten sind im Internet über http://dnb.dnb.de abrufbar.

© 2016 Lutz Lüdemann
Cover-Foto: Fotolia/VTT Studio
Herstellung und Verlag: BoD – Books on Demand, Norderstedt

ISBN 978-3-7392-2608-8

Die Texte finden Sie auch auf meinem Blog www.lutzluedemann.de
Facebook-Seite: facebook.com/lutzluedemann

Inhalt

Vorwort zur zweiten Auflage	7
Vorwort „Von Abbado bis Zilk"	9
Die Berufung	12
Die Wiener Symphoniker im Jahre 1977	17
Orchester, Dirigent und Manager	
Dirigent, Orchester und Manager	
Manager, Orchester und Dirigent	30
Yuri Ahronovitsch	46
Thema Solisten: (Prof.) Henryk Szeryng	51
Wolfgang Sawallisch	53
Thema Solisten: Lucia Popp	65
Carlo Maria Giulini	68
Thema Solisten: Arturo Benedetti-Michelangeli	74
Karl Böhm	77
Erich Leinsdorf	80
Lovro von Matacic	86
Reisen durch Österreich	88
Gary Bertini	91
Horst Stein	93
Die Wiener Symphoniker in Auflösung	95
Sergiu Celibidache	98
Carlos Kleiber	99
Gerd Albrecht	100

Eugen Jochum	102
Christoph Eschenbach	105
Christoph von Dohnanyi	115
Thema Solisten: Friedrich Gulda	117
Gennadi Roshdestwenski (mit Akzent auf dem djé)	122
Thema Solisten: Die Gattin des Dirigenten	136
Nicolaus Harnoncourt	138
Rindfleisch gegen Musik	141
Georges Prêtre	144
Günter Wand	150
„Frühling in Wien"	155
Heinz Wallberg	159
Thema Solisten: Elisabeth Leonskaja	161
Giuseppe Sinopoli	163
Thema Solisten: ... als Dirigenten	166
Die Bregenzer Festspiele	171
Das Kontrafagott – ein Minenwerfer?	176
Gottfried von Einem	182
Dokumentation: Die Dirigenten der Wiener Symphoniker	186
Dokumentation: Chronologie der Reisen	191

Vorwort zur zweiten Auflage

Es ist nun mehr als ein viertel Jahrhundert her, dass ich Wien nach elfjähriger Tätigkeit verließ. Die Rechenschaft für die Wiener Zeit erschien als Buch „Hinter Frack und Fliege" im Jahr 2004.

Einiges in der Welt, vor allem der musikalischen, hat sich verändert. Die öffentliche Meinung hat sich vom kulturellen Ideal der bürgerlichen Gesellschaft entfernt, um so mehr gilt, diese Vergangenheit in Erinnerung zu behalten, für den Erhalt einiger, heute meist als überholt betrachteter, Werte zu kämpfen.

Die zweite Auflage des Buches über einen glänzenden Abschnitt des Wiener Musiklebens nach mehr als zehn Jahren erklärt sich außerdem in erster Linie aus der technischen Entwicklung. In dieser Form nutzen wir die Möglichkeit des eBooks mit dem Vorteil des „print on demand" wie auch die Einrichtung des Blogs unter www.lutzluedemann.de. Hier wird das Thema als Blog im Internet zu einem Vergnügen mit dem Spiel aller Möglichkeiten des Internets. In Bild und Ton ergänzen und vertiefen damalige Dokumente den Text, so z.B. bezaubert die all zu früh verstorbene Sängerin Lucia Popp durch das Video mit der Arie der Königin der Nacht viel mehr als ein geschriebenes Wort sagen kann oder wir lernen durch die Aufnahme einer Probe die dirigentischen Geheimnisse von Eugen Jochum.

Darüber hinaus bot die neue Auflage neben der Korrektur und Abklärung einiger Fehler in Druck und Interpretation, begünstigt durch die längere Zeitspanne, die Möglichkeit zur Versachlichung und Aktualisierung.

Die damals diensthabenden Wiener Symphoniker, von denen im Zeitraum des Berichtes viel emotionale Identifizierung und Selbstvertrauen gefordert wurde, sind inzwischen in der Pension und schauen mit Recht voller Genugtuung auf ihre Leistung und mit Verwunderung auf die Nüchternheit heutiger Zeit. Warum sollte es dem Autor anders gehen?

Es bleibt die Erkenntnis einer bedeutenden Zeit mit Dirigenten, die es heute in der Vielfalt und Bedeutung nicht mehr gibt und die Einsicht, dass die Orchester noch mehr an Reife und Verantwortung gewonnen haben.

Vorwort
„Von Abbado bis Zilk"

Wien liegt nicht an der Donau und die Donau ist auch nicht blau! Der berühmte Donauwalzer verdankt seine Entstehung einem lapidaren Männerchor, geschrieben zur Eröffnung des Dianabades: „Wiener seid froh, oho, wieso?" Die Stadt selbst gleicht diese doppelte Enttäuschung wieder aus: Wien ist und bleibt die Hauptstadt der Musik.

Hier versammelt(e) sich alles, um diese Welt voller Geigen, die freundlichen Menschen, das musikverständige Publikum, die bedeutende Geschichte aktiv oder passiv – als Schöpfer, Nachschöpfer oder eben nur als Betrachter – in den schönen Mauern der hundert Jahre zurück lebenden Habsburger Hauptstadt zu erfahren.

Doch die süßen Versprechungen, die vielen Hoffnungen, vor allem der Komponisten – von Haydn bis Cerha über Mozart, Beethoven, Brahms und Bruckner bis Mahler –, erfüllten sich nicht immer. Denn Wien hüllt sich – vielleicht zu seinem Schutz – in eine gleichgültige Arroganz.

Und dennoch, die ermutigenden Worte des Grafen Waldstein von den Spuren Haydns und Mozarts, auf denen Beethoven im Südosten des Reiches zu wandeln gedachte, sind nicht umsonst gesprochen. Auch für Helfer im Hintergrund, zu denen der Autor sich zählt, ist der Anspruch der Wienerstadt eine besondere Herausforderung.

Carlo Maria Giulini, Chefdirigent der Wiener Symphoniker bis 1976, ermahnte mich beim ersten Kennenlernen, immer ein Flugticket in der Tasche zu haben. Dieses Ticket habe ich zwar nie gebraucht, die Freuden und Leiden eines Westfalen in Wien schimmern vielleicht dennoch in manchem Kapitel durch.

Keinesfalls von „A bis Z", keinesfalls vollständig und objektiv, kann und soll die Sicht desjenigen sein, der die Wiener Symphoniker elf Jahre organisatorisch betreute.

Die beiden Namen Abbado und Zilk im Untertitel des Vorwortes stehen nicht wertend, sondern - ihren Familiennamen nutzend - als Wortspiel und Programm. Der eine, Claudio Abbado, war der Künstler, der aus der Sicht der Wiener damals wohl bekannteste Dirigent der Nachgeneration Karajans, eine zeitlang also das höchste Maß dirigentischer Qualität in der Wienerstadt. Der andere, Dr. Helmut Zilk, war der politische Mensch, zunächst als Fernsehdirektor und Ombudsmann, dann als Kulturstadtrat und Präsident des Vereines Wiener Symphoniker, Kultusminister und schließlich Bürgermeister der Stadt Wien.

Verbunden sind beide, denn Abbado verdankt seine Verpflichtung nach Wien (wie viele weitere Dirigenten) dem unermüdlichen und stets überaktiven Zilk.

Helmut Zilk repräsentiert den Bereich des kulturellen Managements und den politischen Hintergrund, den jedes Orchester haben muss. Er hat viel getan für die Symphoniker, oft auch mit gerechtem Wüten gegen falsche Emotionen, Vorurteile und Vergangenheitsverherrlichung, um das Orchester auf die neuen Zeiten, die jetzt offensichtlich angebrochen sind, vorzubereiten. In der Zeit unserer direkten (Zilk als Kulturstadtrat und Präsident des Vereines Wiener Symphoniker) und entfernteren (Zilk als Minister und

Bürgermeister) Zusammenarbeit waren stets sein Tatendrang und seine Entscheidungsfreude besonders zu bewundern.

Und ein Letztes. Die Froschperspektive aus der Sicht der Lehargasse sei dem Leser nicht verborgen. Vieles sieht vom Musikverein oder Konzerthaus, von der Argentinierstraße oder vom Bodensee, den Spielstätten des Orchesters, anders aus: schlechter oder besser, bedeutender oder unwichtiger, verzerrt oder schlicht, unglaubwürdig oder wahr.

Sei's drum, Geschichte war immer subjektiv – und unterhaltsam! Die Schlussfuge in Verdis Falstaff bedarf harter und präziser Einstudierung:

„Tutto nel mondo è burla!" – „Alles ist Spaß auf Erden!"

Die Berufung

Am ersten Oktober 1977 trat ich das Amt des Generalsekretärs bei den Wiener Symphonikern an. Der Amtstitel sollte Sachlichkeit, Moderne und Jugendlichkeit bei einem Orchester betonen, das sich immer noch mit „y" und „ph" schrieb und einen Altersdurchschnitt von 53,3 Jahren hatte. Tradition und Fortschrittsglaube in einem – der Titel eines Orchesterdirektors (wie die Vorgänger von Prof. Bartholomey bis zu Prof. Pietsch genannt wurden) galt als überholt.

Wien war nichts Neues für mich, ich studierte hier von 1961 bis 1964, schloss mit der Dissertation in Theaterwissenschaft ab und begann meinen Berufsweg 1965 beim Musikverlag Doblinger in der Dorotheergasse.

Schon das Auswahlverfahren bei den Symphonikern war ein Vorgang für sich, der das Kräftefeld der Abhängigkeiten auf das Schönste schildert. Die Symphoniker befanden sich in einem Reformrausch. Die sie nutzenden Wiener Institutionen wollten dagegen am alten Zustand so wenig wie möglich ändern, konnten sich aber dem Drängen auf Reform aus dem Rathaus und des äußerst geschickt agierenden Orchestervorstandes nach bisher mäßigen und teils rufmörderischen Erfahrungen nicht verschließen. Gemeinsam mit den Vertretern des Orchesters, die sich gern im Sinne deutscher Gewerkschaftstradition als Vorstände sahen, hatte die Stadt Wien, und besonders die Kulturstadträtin mit dem Senatsrat aus dem Magistrat der Stadt Wien als juristischem Beistand, alle an der „Sache Symphoniker" Interessierten in ein Kuratorium berufen. Diese Ämter im Kuratorium der Symphoniker, die allzu forsche neue Wege und überhöhte Honorarvereinbarungen gegenüber der eigenen Institution zu verhindern in der Lage waren (das Kuratorium hatte u. a. den Jahresetat mit Aufwands- und Ertragsrechnung zu bewilligen), versöhnten die Konzertunternehmer am Tisch des Bärenfells.

Es saßen also folgende Wiener und österreichische Musikgrößen zusammen:

- die Generalsekretäre der beiden Musikhäuser Musikverein und Konzerthaus (Prof. Moser und Prof. Weiser),
- der Österreichische Rundfunk mit dem Direktor von Radio Wien (Dr. Eibegger),
- die Bregenzer Festspiele mit dem Direktor (Prof. Ernst Bär),
- die Wiener Festwochen mit dem Generalsekretär (Gerhard Freund),
- das Kulturamt der Stadt Wien mit seinem Leiter (Hofrat Foltinek),
- das Ministerium für Kultur mit dem Sektionsleiter (Dr. Temnitschka)
- sowie die fünf Vertreter des Orchesters und der Syndikus (Senatsrat Dr. Schubert)

Die Leitung hatte die Stadträtin für Kultur und Vizebürgermeisterin sowie Präsidentin des Vereines Wiener Symphoniker (Fröhlich-Sandner).

Hier im Kuratorium lag der zentrale Nervenpunkt durch den das Orchester der Stadt, das Konzertorchester Wiens, gefügig und zweckgemäß gehalten (und finanziert) werden sollte: das typische starke Spiel mit der Schwäche anderer.

Die Betreiber des Wiener Musiklebens sprachen vom Orchester als Sachsubvention, als Mitglieder des Kuratoriums wiederum mussten sie höchste Erträge vorgeben. Hier also lächerlich niedrige Honorare für das Orchester, dort geschärfte Bilanzen mit möglichst hohen Eigenerträgen. Die Behörden (vor allem die Bundesregierung) konnten sich im Streit um die nötigen Förderungen bedeckt halten, hatten doch die Wiener Symphoniker allein um das Geld zu kämpfen.

Damit wäre die erste unglaubliche Geschichte fällig, die wie eine Legende in Symphonikerkreisen gepflegt wurde. Sie handelt von einer vor vielen, vielen Jahren eingestürzten Mauer im Kultusministerium (standesgemäß in einem wunderschönen, aber eben alten Palais untergebracht), die viele Akten – und besonders die ungeliebten – unter sich begrub.

Ungeliebt war vor allem ein Aktenvermerk über ein Gespräch eines damaligen Kultusministers mit einem damaligen Bürgermeister über eine Ein-Drittel-/Zwei-Drittel-Aufteilung der Subventionen für das Orchester. Ab dem Mauersturz dunkler Vorzeiten begann der Kampf der Symphoniker um die 30%ige Beteiligung des Bundes an den Kosten, und ich nehme an, er besteht heute noch, da nicht einmal der spätere Bürgermeister der Stadt Wien als Kultusminister an den eingefrorenen Beträgen etwas ändern konnte/wollte.

(Jetzt nach so vielen Jahren kommt mir die Frage auf: Hat eigentlich je einer versucht, die Akten unter dem Schutt wieder auszugraben?)

Dies alles aber war mir zu Beginn der Berufung nicht bekannt und das war gut so.

Meine Bewerbung im Januar 1977 von Köln aus – wo ich nach dem Abschluss in Wien und einer einjährigen Tätigkeit in der Chorabteilung des Hauses Doblinger in der Dorotheergasse beim WDR in der Musikabteilung seit 1966 eine interessante und alle Kräfte mobilisierende Tätigkeit gefunden hatte – stieß offenbar auf Gefallen: Man nominierte mich zunächst aus einem Kreis von dreiundfünfzig, dann aus der engen Wahl der letzten drei Kandidaten. Peter Weiser, damals Generalsekretär des Konzerthauses, kam mich zu begutachten nach Köln.

Vorher jedoch musste gemäß demokratischer Spielregeln der Vorstand des Orchesters um seine Meinung gefragt werden. Da war es ein glücklicher Zufall, dass das Orchester unter der Leitung von Carlo Maria Giulini eine Deutschland-Tournee unternahm (mit einem denkwürdigen und bejubelten Programm, das mit Schuberts Neunter Sinfonie und als Zugabe Webers „Freischütz"-Ouvertüre endete). Unser Treffpunkt war Duisburg. Dort kam ich auch mit dem Maestro und seiner Signora zusammen (s. Vorwort und Kapitel Giulini), anschließend lernte ich die gewählten Vertreter des Orchesters, Prof. Wegricht, seinen Stellvertreter und Soloflötisten Prof. Weissberg, die Herren Prof. Cermak, Weidenholzer und Roczek kennen.

Ob ich die Lektion verstand? – Spätere Ereignisse trübten sehr bald das anfangs gute Einvernehmen. Eine mögliche Erklärung dafür ist, dass die Vertreter der Orchester allgemein (und die der Wiener besonders, da mir ein gewählter Vertreter einmal eingestand, die Hauptaufgabe der Orchestervertreter bestehe darin, die Mitglieder des Orchesters vor Übergriffen der Direktion zu schützen!) mehr auf die Einhaltung ihrer Rechte als (wie heute üblich) auf die eigene Leistung konzentriert waren.

Meine Vorstellung danach vor einem Gremium in Wien, das in etwa dem neuen Kuratorium glich, muss ebenfalls günstig ausgefallen sein. Mit dem Justitiar des Vereines Wiener Symphoniker, Obersenatsrat Dr. Schubert (er wurde später Hofrat), wurde ein Fünfjahresvertrag ausgehandelt, später für weitere Jahre verlängert, ich war mit 39 Jahren Generalsekretär.

In dieser Beglückung, nach Wien zurückkehren zu können, mit einem der größten Dirigenten und vielen weiteren bedeutenden gemeinsam die Musik in Wien gestalten zu dürfen, machte ich meine Antrittsbesuche.

Im geheiligten Zimmer des Generalsekretärs des „K.u.k. Musikvereins", Prof. Albert Moser (die Aura des in der Oper glücklosen Vorgängers Prof. Gamsjäger war noch spürbar), erfuhr ich dann, dass man sich zwar sehr freue, einen Deutschen für die Symphoniker gewonnen zu haben, dennoch müsse ich wissen, dass er, Prof. Albert Moser, mich nicht gewählt habe.

Nun, der zweite Besuch bei Prof. Peter Weiser in dem Konzerthaus, das aus gleichem Bürgergeist wie die Symphoniker zu Beginn unseres Jahrhunderts entstand, sollte den Gleichklang der vor uns liegenden Arbeit beschwören. Prof. Weiser meinte, ich müsse wissen, dass er mich nicht gewählt habe.

Damit war alles klar.

Die Wiener Symphoniker im Jahre 1977

Gegründet just im neuen Jahrhundert und in der bürgerlichen Aufbruchsstimmung, über die Räumlichkeiten des Goldenen Saales im Musikverein und die geringen Kapazitäten der Philharmoniker hinaus mehr als nur die zehn möglichen Konzerte der Philharmoniker für Wien zu schaffen, ist und war das eigentliche Heim der Wiener Symphoniker das Konzerthaus, obwohl noch heute die Zahl der Konzerte für den Musikverein bei weitem die des Konzerthauses übertrifft. Dazu kamen die sechs Konzerte für den Österreichischen Rundfunk Studio Wien, die sommerlichen Konzerte im Arkadenhof des Rathauses, die sechs Wochen für die Bregenzer Festspiele, die traditionelle Österreichreise im Januar jeden Jahres, das Konzert „Frühling in Wien" zu Ostern, das für den Nationalfeiertag am 26. Oktober, ein Konzert für die Kriegsblinden sowie verschiedene Tourneen, deren „Botschafter-Absicht" es war, eine Übersee-Aktivität mit einer Tour im europäischen Ausland abzuwechseln und im Herbst immer einen bestimmten Dirigenten für eine Folge von Konzerten im Ausland zu gewinnen. Mit Recht bezeichnete der spätere Bürgermeister Dr. Zilk die Symphoniker als eines der fleißigsten Orchester, da die Zahl der Konzerte über hundert im Jahr auswies.

Die vier, manchmal auch fünf Programme en suite für den Musikverein (zwei Abonnements für die Mitglieder des Musikvereins, eines für das Publikum der Gewerkschaft, eines für die Jeunesses Musicales als sogenannte Generalprobe ohne Honorar von den Dirigenten erwartet) machten die Mühe der Einstudierung wert und erhöhten die Qualität durch die Wiederholung.

Im Konzerthaus hielt man die Abonnenten mit Doppelkonzerten und meist interessanteren Programmzusammenstellungen.

Absolut ungeliebt waren die Konzerte im ORF-Studio in der Argentinierstraße. Dies lag zum Teil am Programm und an der Aufgabe des ORF, im unbekannten und zeitgenössischen Repertoire zu arbeiten. Für die Symphoniker wiederum ein wohl abgewogenes „Stück Musik" gegen das eigene ORF-Orchester zu erkämpfen, war Aufgabe des Musikchefs im Studio Wien. Hier ergab sich sehr bald auf Grund meiner eigenen Rundfunk-Vorgeschichte eine Gemeinsamkeit der Kreativität. Dem Musikchef des Studio Wien (Dr. Kleinlercher) und dem Generalsekretär der Symphoniker gelang trotz der geschilderten Nöte der Auflagen oft eine überzeugende Programmlinie, die sich schließlich nach längerem Lernprozess als Symphoniker-Matinee im Konzerthaus wiederfand und damit programmliche und finanzielle Vorbehalte glücklich überwand, zu einem eigenen Abonnement-System führte und für das Orchester ein Stück Eigenleben mehr eröffnete.

Dennoch, die Menge der Konzerte, deren Programme und Dirigenten eifersüchtig von den veranstaltenden Häusern gehütet wurden, konnte nicht darüber hinwegtäuschen, dass man den Symphonikern möglichst wenig Eigenbestimmung einräumte und (vielleicht bis auf den „Frühling in Wien") nur die „Ladenhüter", die sonst nicht zu verkaufenden Programme, in Eigenregie überlassen hatte.

Die Kontingente der Orchesterdienste verteilten sich wie folgt:

	Proben	Konzerte	gesamt
Musikverein	69	45	114
Konzerthaus	62	23	85
Bregenzer Festspiele	41	36	77
Eigenkonzerte Wien	25	12	37
Tourneen	2	24	26
Diverse Veranstaltungen	5	3	8
Fahrtdienste			28

Soweit die Fakten im Außengeschehen. Gesetzliche Grundlage des „inneren Betriebes" für jeden angestellten Musiker waren Formulierungen in einem kleinen DIN-A6-Heftchen, „Anstellungsbestimmungen" genannt, das jeder neu eingestellte Musiker in die Hand bekam. Dieses war nun eine wahre Fundgrube. In ständig reformerischem Geist hatte man auf der Basis der wirklich schwierigen Anfänge nach dem Krieg immer wieder Ergänzungen, Verbesserungen, eingebaut, die zum Teil vorheriger Praxis widersprachen und zum Teil unbeabsichtigte und überraschende Vorteile für die Musiker brachten. So waren z. B. die Reisezeiten notwendigerweise nach sechswöchigen Strapaz-Tourneen u.a. durch die Vereinigten Staaten neu formuliert worden. Kein Mensch wollte allerdings solche Vorteile daraus holen, dass die Bemessung eines Reisedienstes einem Konzertdienst entsprach, also auch jede neu angefangene Reisestunde über dem Zeitrahmen als Überdienst zählte. Aus Versehen offensichtlich war die erste Dienstzählung nach einer absolvierten Reise so geschehen: Man freute sich still auf der einen Seite und plagte sich seither auf der anderen Seite mit Kosten, die in die Millionen (Schilling!) gingen und den Angestellten in der Jahressumme Gehälter brachten, die denen eines deutschen Rundfunkorchesters – wie ich später feststellen konnte – entsprachen.

Auf der einen Seite war das Orchester verwöhnt: Durch die gesellschaftliche Stellung ihrer Vertreter, die Mitbestimmung im Kuratorium, den größten Anteil der Wiener Konzerte in Musikverein und Konzerthaus, die ehrenvolle Behandlung bei den Bregenzer Festspielen (obwohl das Spielen im Orchestergraben der Seebühne oft vom Repertoire, den Umständen der Kälte auf dem See und der Länge des Dienstes bei vierzehn oder mehr Vorstellungen in Grenzbereiche der Zumutbarkeit geriet), durch die Abwicklung perfekter Reisen durch Österreich, West- und Ost-Europa, USA oder Fernost.

Bei Reisen durch Österreich gefielen sich die ÖBB (Österreichischen Bundesbahnen) in Luxusreisewagen, in besonderem Service, Ankündigungen und Absagen auf dem Bahnsteig, damit jeder Österreicher wusste, hier kommen die Symphoniker im Kulturauftrag der Hauptstadt. Wenn in der Bahn einmal etwas nicht klappte, gab es einen Geiger-Kollegen und Eisenbahn-Fanatiker, der Schlüssel für alles hatte. Damit – so unterstellte man ihm – könne er die Zuggeschwindigkeit, wenn er im Cockpit neben dem Zugführer saß, ebenso beeinflussen wie die Heizkraft, Licht oder Klima einzelner Wagen. (Nur einmal „versagte" Kollege Höffinger, siehe Kapitel Sawallisch).

In Bregenz gab es in jedem Sommer ein prächtiges Fest in der privaten Villa des Alt-Präsidenten und Symphonikerfreundes Rhomberg, im Januar bei der Österreich-Tournee wurden die Musiker in Linz, Graz, Klagenfurt und Salzburg gefeiert als „unsre Symphoniker", nach Fertigstellung des neuen Festspielhauses in Bregenz wurde der Vorplatz als „Platz der Wiener Symphoniker" eingeweiht. Ein Tag der „Wiener Symphoniker" als open-house-Veranstaltungsform erstmals in Österreich durchorganisiert (im Musikverein folgte ein solcher Tag zum 80-jährigen Bestehen im Herbst des Jubiläumsjahres, im Konzerthaus dann ein Jahr später, s. auch S. 95) stellte alle Ensembles des Orchesters in Simultankonzerten vor, schuf neue Musiker-Formationen, brachte ungeahnte Talente – so z. B. den stellvertretenden Solocellisten und späteren Chef der Linzer Oper, Martin Sieghart, als Dirigenten – ans Licht und rief die ganze Bevölkerung ins Haus, das aus den Nähten zu platzen schien. Der Mut des damaligen Bürgermeisters Mayer und des Bregenzer Kulturamtsleiters Dr. Sandner zu dieser neuartigen Veranstaltung, die dann Schule machte und auch heute noch durchgeführt wird, muss gerühmt werden und verdient ein gesondertes Kapitel in dieser Chronologie.

Auf der Kehrseite der polierten Medaille jedoch – dem äußeren Glanz entsprachen zur „Freudschen Freude" Spannungen, Komplexe und Erniedrigungen – galten die Symphoniker als das Mietorchester, mancher Magistratsbeamte meinte, seine Symphoniker beraten zu müssen (Abkanzelung des Chefdirigenten Sawallisch, den man im Rathaus respektlos Sáwallitsch aussprach, nach einer erfolgreichen USA-Tournee und nach einem Interview voller Beglückung im Rundfunk: „Das sind net ihre Semphoniker, das sind die Symphoniker der Stadt Wien!"). Die Philharmoniker taten stets das Ihre dazu, das andere Orchester klein zu halten, den Klassen- und Traditionsunterschied zu betonen, die Musiker, die sich auszeichneten, sehr bald zu übernehmen, die Dirigenten, die die Symphoniker zu Leistungen brachten, sehr bald zu ihren (wenigen) eigenen Konzerten einzuladen. Damit waren diese dann für Wien verloren. Sie hatten zwar alle zwei Jahre etwa ein „Philharmonisches", dies war jedoch Anlass, ihnen von einem Auftritt mit den Symphonikern abzuraten. So ging es mit Karajan, Maazel, Abbado, Mehta, Giulini, Dohnanyi... Bei einigen klappte es nicht: Sawallisch, der Chef von 1960 bis 1970, dirigierte beide Orchester in Wien und strafte damit die bewusst gepflegte Wiener Orchester-Hierarchie Lügen.

An der – für die Symphoniker vermeintlich vorbildhaften – „Institution Philharmoniker" wurden viele Grundsätzlichkeiten ausgerichtet, die vielleicht für den privaten Verein der Könige der Orchesterdemokratie möglich und richtig waren, für den öffentlich-rechtlichen Charakter eines hochsubventionierten Orchesters jedoch oft leere Prestige-Argumente waren. Dazu zählen natürlich nicht der hohe Maßstab der Qualität und des Orchesterklanges, die Arbeitsauffassung, die Probendisziplin, die Musiker-Persönlichkeiten, sondern neben Arroganz manchem Dirigenten und Komponisten gegenüber, das Honorar- und Dienstgebaren (immer wieder gern von den Vorständen der Symphoniker zitiert), die heikle Frauenfrage, die des Wiener Horns, die der Wiener Oboe, verkrustete Traditionen, die sich ein Elite-Orchester und Privatverein wie die Philharmoniker gerade noch leisten konnte, später jedoch selbst korrigieren musste.

Spannungen der Symphoniker-Kollegen untereinander, ein schwankendes Selbstbewusstsein, Neid und Fehden zwischen verschiedenen Gruppen brachten häufiger Unruhe. So auch im Fall der Nationalhymne, die wie jedes Jahr zur Eröffnung der Bregenzer Festspiele vom Dirigenten der Hausoper geleitet wurde. Diesmal brachte der Maestro eine eigene Fassung der Mozart'schen Version „Brüder reicht die Hand zum Bunde" mit, die ja selbst schon von

Schönherr für großes Orchester festlich gesetzt wurde. Die neue Fassung des Dirigenten entzündete beim ersten Durchspiel große Diskussionen, da sie „unwürdig" erschien. Die Festspielleitung schlug sich auf die Seite des Dirigenten, das Orchester musste „fressen", was vorgelegt war. Der Protest geschah nicht in einer klaren, die Meinung aller Mitglieder umfassenden Weigerung, nein, man handelte anonym, da man offiziell nicht wahrgenommen wurde:

Während des Festaktes, im Beisein der ganzen Bregenzer Festspielwelt, mit dem Präsidenten der Republik, Politikern aller Parteien, Regierungsvertretern aus Wien und den anderen Landeshauptstädten, geschah das Unfassliche: Zwei Geiger spielten zwei grässliche „Querstrich-Akkorde" in die milde Bundesmusik, um so ihre Meinung über diese Hymnenversion zum Ausdruck zu bringen. Empörtes Gemurmel im Publikum vermerkte diesen Frevel. Am Schluss des Festaktes konnten die wütenden Fragen und verständlichen Drohungen höchster Politiker nur durch Versprechungen und der Versicherung seitens der Funktionäre, dass dieser Anschlag auf das Härteste zu bestrafen sei, einstweilen beruhigt werden.

Ein großer Gerichtstag wurde mit und ohne gespielten Eifer vorbereitet. Den beiden Verdächtigten jedoch konnte nichts nachgewiesen werden, Zeugen wollten nicht aussagen, obwohl (oder gerade weil?) der Vorstand in der Monate später folgenden Disziplinarverhandlung unter Leitung des Hofrates strengste Bestrafung forderte. Allerdings muss den Musikern klar geworden sein, dass dies der Anfang vom Ende hätte sein können. In den nächsten zehn Jahren meiner Beobachtung gab es keine Wiederholung einer solchen Subventionsgefährdung und Nestbeschmutzung.

Die Schlagzeile „Der neue Generalsekretär, Frauen ins Orchester" in der Wiener Presse schuf die erste Unruhe im internen Klima. Dazu kam die ständige Belastung der Spielfähigkeit des Orchesters, da fast jeder festangestellte Symphoniker einem der vielen Ensembles verpflichtet war. Solistische Aufgaben außerhalb des Orchesters waren bei den herausgehobenen Positionen besonders zu fördern.

Der Wunsch, die Musiker, ihre Sorgen und Nöte näher kennen zu lernen, ihnen ein Aussprache-Forum zu gewähren, mit ihnen gemeinsame Lösungen zu diskutieren und zu finden, kurz, Vertrauen zu schaffen, drängte zu einer Klausurtagung des gesamten Orchesters. Es wurde im Anschluss an eine Österreich-Tournee in Stubensee bei Graz ein stiller Ort mit einem großen Hotel gefunden, eine Firma mit der Durchführung und Anleitung zu dieser Klausur beauftragt, mit dem Vorstand eine Dienstvereinbarung aufgestellt, in der „das Reden zum musikalischen Dienst" umfunktioniert wurde, alles kalkuliert und der Präsidentin des Vereines, der damaligen Vizebürgermeisterin und Stadträtin für Kultur (Fröhlich-Sandner), vorgelegt. Eine Woche vor der Abfahrt jedoch wurden die Orchestervertreter und der Generalsekretär zum Direktor des Kontrollamtes der Stadt vorgeladen. Im Beisein der Präsidentin sollte das Unternehmen „auf dem kalten Wege" annulliert werden, obwohl bereits alles abgesprochen und festgelegt war. „Klausur", das klinge so modern nach Psychiater, und was das ganze Unternehmen solle! – Diese erste Prüfung bestanden Orchestermanagement und Orchestervertretung jedoch in Einmütigkeit, so dass schließlich eine Duldung zustande kam.

In dieser Klausur wurden erstmals in der Geschichte des Orchesters von jedem noch so unbedeutenden Mitglied – wir kennen die leere Großmäuligkeit mancher Orchesterversammlungen – jede das Orchester bewegende Frage, jedes Problem und Problemchen ohne Zeitdruck zunächst in kleinen Arbeitskreisen ausgesprochen, diskutiert, dokumentiert, zu einem Einvernehmen geführt, danach der Vollversammlung vorgetragen.

„Fragen der Diensteinteilung", „Öffentlichkeitsarbeit", „Dirigenten", „Frauen im Orchester", „Einrichtung eines künstlerischen Beirates", „Ensembletätigkeit und Spielfähigkeit", „Reform der Anstellungsbestimmungen" u.a.m. waren die heißdiskutierten Themen.

Manche Klärungen haben heute noch Gültigkeit, ja, in der Frauenfrage gab es die von der Politik erwarteten Vorarbeiten für den notwendigen Durchbruch. Die Probespielordnung wurde neu formuliert, der Grundordnung eines aufgeklärten Staates angepasst, Ausgrenzungen wegen Geschlecht oder Hautfarbe ausgeschlossen. Es galt allein die Musiker-Qualität in der Wiener Tradition.

Am Schluss der Standbildaufnahme des Jahres 1977 steht der Vorstand, die für vier Jahre gewählten Orchestervertreter sowie deren Eigenleben in Form der „Symphonia".

Der aufmerksame Leser wird anhand der bisherigen Zeilen sicher schon den Zwiespalt zwischen Orchester- und Musiker-Interessen erkannt haben, in dem sich die gewählten Vertreter ständig befanden. Prof. Herbert Wegricht, der erste Vorstand, bestimmte den Weg des Orchesters für Jahrzehnte, wobei er klug den Willen einer Mehrheit als seinen eigenen (oder umgekehrt) darzustellen wußte. Die ihm dank des Listenwahlrechts erteilte Macht nutzte Prof. Wegricht mit Geschick, Durchsetzungsvermögen und jesuitischer Schläue, manchmal auch mit ein wenig Demagogie. Symphonikermund hängte ihm „Mitmischen" beim Abgang von Sawallisch, die niemals eindeutige Situation um Josef Krips oder Kurt Wöss oder gar die Nichtverlängerung von Giulini an. So geriet er einmal in den Strudel der Krise und wurde abgewählt. Die Lektion für ihn bestand in noch stärkerem Engagement für die Geschicke des Orchesters, so wurde er kurz vor meiner Berufung wieder in den Sessel gehoben, in dem er sich dann bis zu seiner Pensionierung hielt.

Prof. Wegricht entwickelte großartige Perspektiven für sein Orchester, der Reformgeist hatte ihn voll eingenommen. Niemals gab es ein Zurück, ausschließlich „Mehr" und „Vorwärts" war die Parole. Die durch einige Orchestermitglieder verursachten Probleme in der Dienstauffassung lagen ihm auf der Seele, er meinte, alles ließe sich durch Zulagen oder deren Verweigerung regeln. Nach echter Gewerkschaftsmanier – wohlwissend, dass ein Arbeitsprozess sein Votum zwar verboten hätte, aber erwartend, dass man aus dem Engpass sich nicht anders als mit einem allgemeinen Gehaltszuschlag hätte retten können – schlug er mir einmal vor, jedem Musiker, der im Jahr alle Dienste ohne Krankmeldung absolviert habe, eine Dienstzulage auszuzahlen, eine Zulage also für den geregelten Dienst, der Voraussetzung für ein geregeltes Gehalt sein sollte.

Beraten wurde er von Hofrat Dr. Alexander Bartosch, einem der besten Arbeitsrechtler in Österreich.

Wegrichts Hauptinstrument war nicht die Geige, sondern „die Symphonia", ein Verein, bestehend aus den Mitgliedern des Orchesters, nur der Ausnützung der medialen Rechte gewidmet, die der Orchesterträger, der Verein Wiener Symphoniker, nicht besaß. Aus der Sicht der Stadt Wien und dem Land Österreich war es eine große Dummheit, in den Nachkriegsjahren die sogenannten „mechanischen Verwertungsrechte" an die Mitglieder selbst abgegeben zu haben (wie ja auch das Recht der Kammermusik, Besetzungen unter 19 Musikern nicht dem Verein zur Verfügung stand, sondern wie jede solistische Leistung zu honorieren war). Die cleveren Musiker hatten die Entwicklung der Ausweitung der medialen Verpflichtungen vorausgesehen, der Verein war als Orchesterträger nicht mehr Herr bei Engagements mit dem Österreichischen Rundfunk und Fernsehen. Bei Tourneen, die eine Fernseh- oder Hörfunk-Reportage erwirkten, musste ein „klingendes Einverständnis" mit dem Vorstand getroffen werden. Die Symphonia hatte sich im Untergeschoss des Konzerthauses ein Keller- und Schatten-Dasein eingerichtet, das ein Büro mit Sekretärin (ein Drittel vom Verein bezahlt), ein Studio, das einmal der Technik letzter Schrei bedeutete, und ein Archiv umfasste. Das waren die Anfangszeiten, in denen auch Karajan seine ersten Filme mit Hilfe der Symphonia-Musiker herstellte. Nach den Musikererzählungen war dies ein bis spät in die Nacht gehender Dienst für den Film in eigener Unternehmerschaft, gemischt mit Proben und Aufführungen als Angestellte des Orchesters Wiener Symphoniker am Tage und am Abend.

Ein allgemeiner Rückkauf der gesamten Rechtslage wäre sehr teuer gekommen, abgesehen davon, dass niemand der ehrenamtlichen Funktionäre der Symphonia bereit gewesen wäre, sein schönes Amt aufzugeben. So blieb es bei der zweifelhaften Regelung, Musik mit Ertrag in die Musikertaschen, Musik mit Subventionsbedarf aus den staatlichen Taschen zu wirtschaften.

Zusammenarbeit zwischen den Vereinen „Wiener Symphoniker" und „Symphonia" war gefragt, nicht nur in der Vorbereitung von Reisen und eventuellen Mitschnitten von Rundfunk- oder Fernsehanstalten, auch die Dirigenten- und Programmplanung durfte so wenig wie möglich Leerlauf verursachen. Hier wurde das Prinzip der Doppelnutzung „Konzert/Platte", soweit es möglich war, mit dem damals zuständigen Geschäftsführer der „Symphonia" und Bratschisten, Prof. Dieter von Ostheim, sinnvoll und kostensparend praktiziert.

Leider ließen sich Peinlichkeiten, verursacht durch die Konstellation dieser rechtlichen Zweiteilung, vor allem bei Auftritten im Ausland nicht vermeiden. So ergab sich bei einer Tournee in der Bundesrepublik die blamable Situation, dass ein Mitschnitt des NDR vom Vorstand in der Pause des Konzertes unterbunden wurde. Mit dem gehörigen Stimm- und Nervenaufwand. Ein Konzert in Caracas konnte nicht weitergehen, weil eine private Firma sich eingeschlichen hatte und Fernsehaufnahmen von dem Konzert machte. Als man dies entdeckte und den Abbau forderte, begann ein Nervenspiel. Das Publikum blieb über eine halbe Stunde ratlos im Saal sitzen, bis die Kameras abgebaut waren, erst danach durften die Orchestermitglieder zum Schlussstück auftreten.

Auch Prof. Wegricht, dem ersten Vorstand, soll zur besseren und freundlichen Charakterisierung eine Geschichte gewidmet sein.

Als er sich der Pensionierung näherte, brauchte er häufiger eine Kur, die er in Bad Tatzmansdorf im Burgenland absolvierte. Immer ging der Abreise eine Reihe von organisatorischen Maßnahmen voraus, wie immer war er schwer zu ersetzen. Er kam auch zu mir, um mit mir die Vorhaben der nächsten Wochen aus der Sicht des Vorstandes zu erörtern und seine Erreichbarkeiten (im Notfall!) zu erklären. Bei der Angabe der Telefonnummer war er sich nicht sicher, griff nach dem Telefon auf meinem Schreibtisch und führte ein für mich eigenartiges Telefonat. „Hallo, Bad Tatzmansdorf? – Ich möchte bitte Prof. Wegricht sprechen, ja Prof. Herbert Wegricht.

Was, nicht da? – Bitte lassen Sie ihn in Ihrem Hause ausrufen, er muß da sein! – " Das ganze Sanatorium, ja ganz Bad Tatzmansdorf, muß von Rufen nach Prof. Herbert Wegricht geschallt haben. So war er sicher, die richtige Telefonnummer zu besitzen und zugleich am nächsten Tag als wichtige Person („Ach, Prof. Wegricht, da sind Sie ja, wir haben Sie schon überall gesucht!") einen würdigen Empfang zu genießen.

Mit dem neuen Vorstand nach der Pensionierung Wegrichts, Prof. Theiner, wurde die Welt friedlicher und kooperativer. Wenn auch der Druck „von unten" immer noch zu spüren war und das schwierige Amt der Orchestervertretung nicht einfacher machte.

Orchester, Dirigent und Manager
Dirigent, Orchester und Manager
Manager, Orchester und Dirigent

Die Leitung eines Ensembles von etwa einhundert Individualisten, die die Harmonien einer Partitur zum Klingen bringen sollen, hat mit „Flöhehüten" wie auch „Kindergarten" böse Vergleiche gefunden, die dennoch nur grobe Vereinfachungen bedeuten.

„Die kleinste Einheit des Orchesters", der Musiker, ist darauf angewiesen, schon früh mit der Ausbildung am Instrument zu beginnen, neben der technischen Fertigkeit Feinfühligkeit und Einfühlsamkeit zu entwickeln. Mit sechs Jahren sollte ein Geiger sein Instrument in die Hand bekommen, sein Idol Menuhin oder Isaac Stern hängt zur Motivation über dem Bett, mit achtzehn erkennt er, dass es „nur" für einen Platz im Orchester reicht, dass er das Eigenurteil, den Geschmack, die kritische Eigenbewertung nicht mehr braucht, da er so zu spielen hat wie seine fünfzehn Kollegen und so wie es ein gerade angereister, u. U. aus einer anderen Welt stammender – eventuell auch noch unsympathischer – Musiker dort am Dirigentenpult vor ihm gerade verlangt. Gemeinsames Musizieren mit ständig wechselnden Dirigenten muss als ein Akt besonderer Intimität verstanden werden, als ob jeder jede Woche mit einem anderen ins Bett gehen würde.

Mit den Tutti-Kollegen der Streichergruppe (dieser Ausdruck kennzeichnet absolute Unterwerfung) muß jeder (nach Möglichkeit) gemeinsam einsetzen, atmen, phrasieren, vor allem aufhören. Die Anweisungen des Dirigenten hat er sofort umzusetzen, ohne dass sein eigenes Urteil gefragt ist (Zitat aus einer Ergänzung der Anstellungsbestimmungen: „Jeder Musiker hat sich den Anweisungen des Dirigenten zu unterwerfen, selbst wenn diese seinen eigenen künstlerischen Überzeugungen entgegenstehen"). In den Augen der zeitgemäßen Betriebssoziologie ergibt sich ein höchst anachronistischer und gefährlicher Arbeitsplatz mit allen Erscheinungen geistiger Prostitution!

Zum Beleg sei die Geschichte eines zweiten Geigers, dessen Namen wir mit Schmid möglichst neutral kennzeichnen wollen, aus dem reichen Reiseleben des Orchesters angeführt.

Bei einer Reise durch die USA, die über viele Flughäfen von Nord nach Süd führte, wurde bei der Ankunft des Orchesters über die Lautsprecheranlage ein gewisser „Mr. Schmid from Vienna Symphony" an das „information desk" gerufen. Die Musiker, gerade bereit, sich über Toiletten, Läden und Bars in der Weite des Flughafens zu zerstreuen, einte der Ruf nach dem Kollegen Schmid. Bewundert, beneidet, verspottet eilte der Kollege an die Information, um einen Umschlag entgegen zunehmen. Dieser Vorgang wiederholte sich an jedem Ankunftsort: „Mr. Schmid from Vienna Symphony to the information desk please!". Dem Schmid war es gelungen, sich aus dem Kollektiv der Streicher als der meistgesuchte und wichtigste Mann der Tournee zu qualifizieren. Nach der Geschichte mit dem Vorstand Wegricht im Kapitel zuvor ahnt der gewiefte Leser schon, dass Kollege Schmid sich immer an den nächsten Flughafen selbst eine „Grußkarte" schrieb und damit den

Traum eines jeden zweiten Geigers erreichte: Sich zu unterscheiden von der Gruppe derer, die sogar von den Komponisten mit Terzabständen oder unterlegter „Rumtata" nachlässig behandelt werden.

Anders, nicht ganz so krass, gestaltet sich dagegen die Situation der Bläser, Schlagzeuger und Harfenisten in einem Orchester. Hier beginnt die Ausbildung später, Bläser warten meist bis zur Vollendung des Gebisses, also etwa dem 12. Lebensjahr. Dazu trägt auch die Kraft der Lunge zur Entscheidung „Streicher oder Bläser?" bei, die physische Eignung jedoch nicht ausschließlich. Streicher oder Bläser ist zweifellos auch eine Typfrage.

In der Orchesterlaufbahn bedeutet die Anstellung für den Bläser die soziale Absicherung einer fast unmöglichen Solistenkarriere. Die Partituranforderungen, die den Bläser als Solisten im Orchester hervortreten lassen, beeinflussen die Einstellung dieser Musiker zu ihrem Kollektiv entscheidend positiver als im Tutti der Streicher, die nicht umsonst im bissigen Volksmund als „Tutti-Schweine" ihren Stempel bekommen. Freilich zählt die nervliche Belastung, einmal – für alle hörbar – zu versagen, doppelt. Die meist doppelte Besetzung im Stellenplan bei Blech und Holz in den ersten und auch zweiten Positionen bringen dem Musiker unserer großzügigen Orchesterstruktur Diensterleichterungen, an die ein Reformer unter Finanzdruck zuerst Hand anlegen wird.

Über alle Individualitäten hinaus hat jedes Orchester ein Eigenleben, eine Wesensart, die in der Probenarbeit, beim Auftritt, in der Darstellung des Einzelnen im Gesamten einen sichtbaren, im Spiel, im Klang einen hörbaren Eindruck erkennen lässt. Unter den fünf großen in den Vereinigten Staaten, den Londoner, den Wiener, den deutschen Orchestern könnte man bei gleichem Dirigenten jede verschiedene Orchesterseele heraushören, mehr noch natürlich an der Probenarbeit, am Umgang miteinander erkennen. Jeder einzelne Musiker steht in der Tradition seines Klangkörpers, gewollt oder ungewollt trägt er die Spielart, zum Teil niedergeschrieben im (eigenen) Notenmaterial, zum Teil geformt von den Spielern um ihn herum, lebt er das Wesen eines „Viel-Körpers", ist damit selbst Träger dieser Orchestertradition geworden. Je mehr also ein Orchester in einen lebhaften und konstruktiven Dialog mit dem jeweiligen musikalischen Leiter tritt, je mehr sich die Musiker über die Darstellung ihrer Partitur blind an das ihnen Selbstverständliche halten, um so mehr äußert sich der Eigencharakter eines Orchesters. Die Stärke des Probenleiters ist aufs Höchste gefordert, dem zu entgegnen, um seine Auffassung durchzusetzen (soweit er eine hat und soweit er das will). Oder er stellt sich bewusst und das Bessere anerkennend in die Reihe des Orchesters. Das Schlachtfeld der Probenbühne hat so manche Leiche hinterlassen, seien es Musiker – trotz ihrer geforderten Flexibilität – sei es der Dirigent oder gar der Komponist.

Dem Hörer aber bleibt das Faktum des gemeinsamen Schöpfungsprozesses bei jedem Konzert meist verborgen.

Alle auf dem Podium Arbeitenden belastet der Arbeitsplatz durch Licht, Saal, Luft und Sitz; das Instrument ist oft gegen alle orthopädischen Grundregeln zu halten und zu spielen.

Vom einzelnen Musiker wie vom Kollektiv aller Mitwirkenden erwartet man den Einsatz „mit Leib und Seele", das Überspielen der realen negativen Welt. Kein Staubkörnchen darf die Musik beschmutzen, Dienstzählung und Zeitabrechnung dürfen kein Finale beeinflussen. Der Zuhörer fordert die Beglückung durch die Kunst, Seelenbäder, eine Katharsis. Die ideelle Welt der Musik ist rein und hat nichts mit Geld oder Dienst zu tun. Doch wie oft habe ich in Kenntnis der kommenden (Ab-)Rechnung auf die Uhr geschaut bei den sorgsam gewählten Zugaben; Programme, die über 90 Minuten gingen, Pausen, die zwanzig Minuten überschritten, die einen neuen Dienst verursachten, zu vermeiden gesucht.

Dieses „Leib und Seele", das vom Musiker gefordert wird, hat seinen physischen Preis und erfordert unser Verständnis für den Musiker. Auch für ihn selbst ist die Spannung zwischen Kunst und Kommerz enorm, er will Künstler sein und muss damit sich und seine Familie ernähren. In der höfischen Vergangenheit war die Ausbeutung der Künstler der der Bauern vergleichbar, bis zur gewerkschaftlichen Organisierung waren die Musiker wirklich arm. In den Gründerjahren des Orchesters mussten die Musiker, nur zehn Monate im Jahr honoriert, zusätzlich in Kurorchestern Dienst machen.

Konsequente und klare Vorschriften, ein gesicherter Betriebsfrieden, eine großzügige, alles umfassende Bezahlung, eine deutliche Rollenteilung (einerseits unter den Musikern, mit Stimmbuchführern bei den täglichen oder kurzfristig krankheitsbedingten Einsätzen, andererseits zwischen Musikern, der Orchestervertretung und dem Management) sind die organisatorischen Grundvoraussetzungen für ein gutes Orchester. Herausragende Begabung bei den Musikern (sorgfältige Auswahl der Nachwuchsmusiker bei Probespielen), fähige Dirigenten und das richtige Repertoire sind die künstlerischen Vorgaben.

Über den Dirigenten, den Maestro, und seinen Mythos sind genug Veröffentlichungen erschienen. (Menge und Bedeutung erfordern die folgende Aufzählung:

1. „Dirigenten" von Wenzel-Jellinek/Karlheinz Roschitz, Österr. Bundesverlag 1986
2. „Der Mythos vom Maestro" von Norman Lebrecht, Simon und Schuster London, 1991
3. „Die Geldscheinsonate" von Hansjürgen Kesting Ullstein 1990
4. „Große Dirigenten" von Wolfgang Schreiber, Piper 2007.
5. Schließlich sei auf Elias Canettis „Masse und Macht" hingewiesen.)

Der Klassenverfall dieses künstlerischen Berufes ist augenscheinlich. Die Zahl der guten Orchester überwiegt inzwischen bei weitem die der guten Dirigenten. Das macht unsere Musikwelt so erpressbar, da die wenigen guten – oder als solche gehandelten – auf dem Markt überfragt sind. Marktverdünnung drückt den Preis nach oben.

So erreicht die Abendgage eines Dirigenten manchmal das Zehnfache des Monatsgehaltes des vor ihm sitzenden und spielenden Musikers.

Versuchen wir eine Klassifizierung vom „maestro assoluto" bis zum „Musiker unter Musikern". Der maestro assoluto gehört erfreulicherweise zu einer aussterbenden Gattung, den Herrscher über Kunst und Menschen gibt es immer seltener. Darüber hinaus duldet unsere demokratisch-durchsichtige „Rasenmäher-Gesellschaft" keinen hervorragenden Kopf und schert ihn gleich beim ersten Hervorlugen. Für die Musik, ihre Tradition und ihr zwangsläufig veraltetes Führungsprinzip – es kann immer nur einer das Sagen haben – ist das ein Verlust. Auswüchse der alten Führungsstruktur sind uns überliefert. Das brutalste Dokument dazu wurde uns von Toscanini überliefert mit seinen Wutausbrüchen, die sogar teilweise auf Tonband aufgenommen wurden und als Schock-Dokumente von „lieben Freunden" herumgereicht wurden.

Auch gibt es im Buch „Die Netzflickerin" von Maarten't Hart auf S. 359 einen Text, der die autoritäre Masche vergangener Zeiten nachempfinden lässt:

> Wie ich es genossen habe, ein Orchester zu drillen, es anzubrüllen, Macht auszuüben! ... dass ich manche dieser beschränkten Orchestermitglieder am liebsten geprügelt hätte!

Heute ist es einfach nicht mehr vorstellbar, dass ein unzufriedener Dirigent einem Musiker das Instrument auf dem Kopf zertrümmert. Dennoch sind auch in unserer Zeit noch Reste dieses Absolutismus feststellbar. Der ganze Probenbetrieb z.B. richtet sich u.U. nach den privaten Reisewünschen des Dirigenten, da müssen hundert Musiker ihren Nachmittag oder Abend opfern, weil das Flugzeug den Maestro nach einem Konzert am Vorabend an anderem Ort erst später anbringt. Erwiesene Praxis bei viel gefragten Dirigenten ist sogar die Doppelprobe bei zwei verschiedenen Orchestern z.B. vormittags Wien, nachmittags Zürich, dies drei Tage lang. Zweifel am Erfolg einer solchen Probenarbeit sind angebracht.

Die in unserer Welt ungewohnte Position des Dirigenten führt zur Menschenverachtung, da er mit unbegrenzter Machtfülle seinen Anspruch als die Wahrheit schlechthin gegen alle möglichen Widerstände der ihm gegenübersitzenden Menge durchzusetzen hat. Dass dies Einfluss auf die Psyche einer Musikerpersönlichkeit haben muss, leuchtet ein. „Ein Beruf, der zur Eitelkeit verführt!" gesteht Günter Wand.

Karl Böhm und Sergiu Celibidache waren die letzten der „Tyrannen", die mit Angst Höchstleistung bei den Musikern erreichen wollten. Der raunzige Ton Böhms bei den Proben ließ die Musiker wie Schüler zusammenzucken und oft ihre Selbstachtung vergessen. Auch von Celibidache kennen wir Szenen ähnlicher Art (sie führten zum Teil zu vorhersehbaren Krankmeldungen, wenn die Proben- und Aufführungsphase mit diesem Dirigenten sich näherte).

Ergänzend dazu Enthüllungen aus der Trickkiste des Marktes der Eitelkeiten:

Der Konzert-Auftritt ist wie die Wahl des Taktstockes (s.u.) bedeutsam und zugleich charakteristisch für den Maestro. So sieht man die Arbeitsreichen, die geschäftig zum Podium schreiten, die Eilfertig-Erscheinenden, die den Auftritt hassen und am liebsten gleich neben dem Podium auf den Beginn warten würden, den Stab heben und sich in die Arbeit stürzen, die Konzentrierten, die mit fast geschlossenen Augen und tief schon in dem Beginn der Musik steckend mürrisch den Applaus entgegennehmen, die Glanzvollen, die mit Siegerpose auftreten und das Bad im Auftrittsapplaus genießen.

Dieser Einzelauftritt, den jeder Dirigent nach dem Orchester und dem hierarchisch folgenden Konzertmeister (bei Orchestern aus Übersee) für sich beansprucht, hat den Ausgang des Abends meist bereits in sich. Beim großen Solistenkonzert spart der Maestro sich immer für den Schluss auf, lässt die Solisten hinaus, um dann nach einer spannungsvollen Pause den selbstverständlich anschwellenden Applaus für sich „einzuheimsen". Technisches Beiwerk, aber nicht unwichtig, wie wir bei der Beobachtung dessen feststellen können, der die zeitgemäße Manipulation am besten verstand, Herbert von Karajan.

Vergessen sei nicht, dass die musikalische Begabung, die selbstverständliche Führungsrolle, technisches Verständnis und eben das Geschick der Eigenvermarktung in genialer Weise bei Karajan vereint waren. Noch fünfzehn Jahre später schwärmten die Musiker der Wiener Symphoniker von Karajans Proben-Ökonomie, seiner Partiturkenntnis, aber sie erzählten auch von seiner Kälte, die er um sich schuf, um den autoritären Abstand zu wahren. Niemals ließ er sich zu einem persönlichen Gespräch mit einem Musiker in der Pause verleiten. Es gelang ihm immer, menschliche Züge zu verstecken, um Schwächen zu verbergen. Diese unerbittliche Haltung, nur Qualität und Schönheit in den von ihm bemessenen Maßen zuzulassen, erheischt sicher auch Respekt. Von weiser menschlicher Einsicht eines „Übermenschen", die wir uns als die Haupteigenschaft eines Dirigenten wünschen, ist sie weit entfernt. Gibt es doch auch andere, die ohne dieses „Beiwerk" ihre außergewöhnliche Persönlichkeit bewiesen haben.

Da gibt es (immer häufiger) den Künstler unter Künstlern. Carlo Maria Giulini, immer demütig dem Komponisten und den Kollegen gegenüber, scheint sich nach wie vor als der Bratschist im Orchesterrund zu fühlen. Auch Horst Stein war einer derer, die öffentlich die partnerschaftliche Rolle des Orchesters herausstellten. Wir können nur bestätigen, dass die Konzertleistung ein gemeinsamer Schaffensakt ist, dass jeder sich selbst einbringen muss, wenn es zu „jenem Ruck", zu jener „Rührung" im Publikum kommen soll.

Und dennoch kann der Orchesterbetrieb kein Gremium der Demokratie sein oder werden. Ausnahmen wie das Orpheus-Orchestra oder Concerto Köln bestätigen die Regel, denn Kammerorchester befinden sich in einer anderen Situation.

Ein bedenklicher Fall sind jene Pultakrobaten, die aus der Klasse der Kapellmeister kommend plötzlich Star sein wollen, vom Bescheidenen, alles Akzeptierenden zum schließlich alles Fordernden werden. Mit dem Honorar steigen auch die Ansprüche an Hotel und Reisebedingungen, Probenabläufe, Orchesterbesetzungen. Dabei meinen oft die Jungen, sich allein durch materielle und organisatorische Forderungen aus der breiten Masse in die höhere Klasse katapultieren zu können, über das Honorar und weitere Forderungen ihre Klasse zu bestimmen, die Mittelmäßigkeit zu übertünchen.

Der Komponist Richard Strauss, selbst auch Dirigent, traf seine Dirigentenklassifizierung nach den Schweißausbrüchen. Er meinte, der Dirigent müsse trocken bleiben, das Orchester müsse schwitzen. Tatsächlich hat dieser Versuch einer Einteilung zwischen „trockenen" und „schwitzenden" Orchesterleitern seine Beweiskraft für den emotions- und intellekt-gesteuerten Dirigenten.

Da lobe ich mir eher die Klasseneinteilung nach der Beschaffenheit des Taktstockes. Es gibt lange, kurze, dicke, dünne, weiche, harte, spitze(!), fliegende, zerbrechende Stöcke mit schmalem Griff oder kugeligem Knauf.

Der französisch/italienische Komponist Lully ist durch einen Taktstock-Unfall ums Leben gekommen, er schlug sich den „Vorgänger" des heute maximal 40 cm langen „Stöckchens", einen großen Zeremonienstock von der Schwere der Bischofsstäbe (heute dem Tambourstab vergleichbar), auf den Fuß. An dieser Verletzung, die damals schnell eine Blutvergiftung wurde, starb er. Sicher nicht im Wissen um diesen „dirigentischen Unfall" hat man dann den „verlängerten Arm" vorgezogen, was nicht bedeutet, dass nicht auch der heute übliche Taktstock, unfreiwillig als Florett benutzt, schon einiges Übel in Augen oder Armen angerichtet hat.

Aber zunächst ziehen einige Orchesterleiter (und die Chorleiter ausschließlich) die bloßen Hände vor. In diese Klasse gehören z. B. Erich Leinsdorf, Gerd Albrecht und Lovro von Matacic. Der erklärte, der Arzt habe ihm vom Taktstock abgeraten, da der Daumendruck ihm anfangs unerklärliche Schmerzen in der Schulter bereitete. Der Verlust an Präzision wird durch Weichheit und Ausdruck wieder gut gemacht. Aber auch die Maestri mit den kurzen Stöcken (Prêtre gehört dazu), legen diesen bei langsamen oder lyrischen Sätzen aus der Hand. In jüngster Zeit sah ich sogar Wolfgang Sawallisch das doch häufiger rhythmisch schwierige Requiem von Verdi mit bloßen Händen dirigieren.

Den geschichtlichen Ursprüngen des Taktstocks, nach dem Zeremonienstab, kommen die Leiter mit den langen „Bacchette" am nächsten, denn die Konzertmeister waren die ersten, die zur Koordinierung gefragt waren und die nahmen ihren Geigenbogen, den sie schon in der Hand hatten. Im übrigen ist nachzutragen, dass keinesfalls allein die kleinwüchsigen Maestri große Taktstöcke bevorzugen, Nello Santi ist der Beweis.

Angesichts der sorgfältigen Auswahl „seines Instrumentes" vor dem Konzert ist schon aussagefähig, wer welchen und wie gebraucht. Auch in unseren Geschichten um die Symphoniker spielt der Taktstock immer mal wieder eine Rolle. Außerdem (ist doch ein tiefer gehendes Thema, dieser Taktstock!) erinnere ich mich, dass der Verein Wiener Symphoniker, oder besser sein Orchesterwart, immer einige Stücke der Stöcke auf Lager hatte, und dass für Prêtre, der sich für eine in Tirol hergestellte Qualität begeistern konnte, 30 Taktstöcke, alle gleicher Griff und gleiche (kurze) Länge, über den Investitionsetat angeschafft wurden.

Der Taktstock von Carlo Maria Giulini – nachweisbar hat er damit eine Bruckner-Sinfonie „gepinselt" – wurde beim Tag der Wiener Symphoniker in Bregenz versteigert und hängt heute in einer Wohnzimmer-Vitrine eines Bregenzer Bürgers (… hoffe ich).

Damit aber endlich genug von diesem unwichtigen Seiten-Thema, wo doch von Orchestern, Dirigenten und Managern die Rede war.

Vor hundert Jahren kümmerte sich der Dirigent um Kunst und Organisation. Etwa seit fünfzig Jahren erhält der Beruf des Orchestermanagers stets mehr Bedeutung, nicht nur weil die Dirigenten meinen, sich mehr auf die Welt verteilen zu müssen.

Der Manager ist einer der wenigen, der den Maestro „nackt" sieht. Dabei ist nicht nur an die Szenen vor und nach dem Konzert gedacht. Mit bloßem Oberkörper vor dem „Frackschlüpfen" lassen sich organisatorische, manchmal auch künstlerische Fragen unterbringen. Dies noch besser nach dem Konzert, da bei manchen die geistige, ernsthafte Vorbereitung verständlicherweise keine anderen Gedanken zulässt, andere wiederum genau diese Zerstreuung vor dem großen Akt der Konzentration suchen. Diese Vertrautheit der Stellung kann nicht jedem recht sein, hier scheiden Persönlichkeit und Schamgefühl, je nach dem Grad der Zugänglichkeit. Maschebinden, Abtrocknen und Chauffeurspielen sind wertvolle Dienste, die Vertrauen schaffen, die Kollegialität und die Gemeinsamkeit betonen, wie das gemeinsame Abschlussessen nach bedeutenden Konzerten.

Für das Orchester bedeutet der Manager die Bündelung des künstlerischen Gewissens. Er trägt Entscheidungen, die für die Qualität des Ensembles zunächst einmal Voraussetzung sind: Planstellenzahl, Besetzung der Stellen, Finanzausstattung, Spielorte, Programme, einzuladende Dirigenten und Solisten, Öffentlichkeitsarbeit und Orchesterreisen; der Begriff Marketing erreicht auch die Kunst. Die Finanzierung dieses Konzeptes bei den politischen Vertretern oder Orchesterträgern durchzusetzen, ist wiederum eine nach außen gerichtete, jedoch nicht zu unterschätzende Aufgabe.

Der Manager dient (und lässt am besten den Maestro ver-dienen. Bitte um Nachsicht für diese Bosheit). Er unterwirft sich absolut den Zielen des Orchesters, er stellt seinen eigenen Ehrgeiz gegenüber dem Dirigenten zurück. Er ist das Vollzugsorgan zwischen den beiden künstlerischen Antipoden Orchester – Dirigent, kunstverständiger Vermittler, der sich oft ins Organisatorische, juristisch Verbindliche flüchtet, um nicht ständig mit Unwägbarkeiten und Emotionen handeln zu müssen.

Bei der Forderung der Dirigenten nach bestimmten Musikern in den doppelt besetzten Positionen eines Orchesters, oder gar in der Ablehnung eines Musikers durch den Dirigenten, wird es für den Manager sehr heikel. Doppelte Spannung erzeugt jedoch ein Orchester in Ablehnung des Maestro. Hält man sich die Liste am Ende dieses Buches vor, in der sich leider auch einige „Nullen und Nichtse" mit den mittelmäßig Guten und ganz Großen der Welt mischen, versteht man die gequälten Seelen der Symphoniker.

Ich gewöhnte mir nach den Erfahrungen mit den Wünschen Giulinis an, nicht die Ablehnung, sondern den Wunsch des Maestro weiterzugeben. Der konnte erfüllt oder nicht erfüllt werden, da das Orchester sich die Einteilungsautonomie erkämpft hatte. Der Gefahr eines Zweiklasse-Orchesters musste begegnet werden. Dennoch bekommt gerade bei der Doppelbesetzung bestimmter Bläser die Generationsfrage ein große Bedeutung. „Gemischte Altersstruktur" heißt daher das leider oft missachtete Gebot bei jeder Neueinstellung.

Die Symphoniker waren gerade bei den Bläsern und hier besonders beim Holz besonders gut besetzt. Ein Jörg Schäftlein, ein Alois Brandhofer, ein Leo Cermak, ein Milan Turkovic waren die Adresse für manchen erfolglosen Abwerbungsversuch. Aber auch hier entscheidet die physische Unsicherheit, der Biorhythmus, der Alterungsprozess, über schwankende Qualität. Meist beginnt ein solches Warnsignal bei technisch schwierigen Passagen. Gerade der oft gerühmte Solofagottist hatte ein solches Erlebnis mit der Vierten Sinfonie von Beethoven, die in den letzten Takten des Schlusssatzes einen schnellen Lauf des Fagotts verlangt. Er kam zu spät damit – und jeder konnte es hören, da die Stelle ziemlich „bloß" liegt. Glücklicherweise hat Beethoven weitere acht Sinfonien komponiert, die dem empfindlichen Musiker eine Psychose ersparten. Wir ersparten ihm in einem stillen Übereinkommen in Zukunft den Einsatz bei der Vierten.

Gleich zu Beginn meiner Tätigkeit in Wien war ich mit der Frage eines Urlaubes des ersten Trompeters bei der geplanten Aufführung von Strauss' Heldenleben konfrontiert und sollte mit angeblichen Zusagen meines Vorgängers und dem bereits gedruckten Plakat eines Solokonzertes in Salzburg vor vollendete Tatsachen gestellt werden. Die Situation war heikel, da durch die Entscheidung ein Präjudiz geschaffen wurde. (Später klebte man immer häufiger und mit Berechtigung den Ausdruck „unpräjudiziell" an manche Entscheidung.) Die Spielfähigkeit war ein kostbares Gut, das ich zu verteidigen hatte, und bei dem der Orchesterinspektor Prof. Dörrschmidt mit bewundernswertem klaren Verstand und großer Konsequenz mitwirkte. Ich fühlte mich vom ganzen Orchester beobachtet. Heldenleben verlangt fünf Trompeter, üblicherweise spielt immer die ganze Gruppe, die Urlaubszusage lag nicht schriftlich vor, meine Entscheidung war klar. Kaum hatte der erste Trompeter zur ersten Probe des Heldenlebens eine Aushilfe geschickt, erhielt er nach Vorab-Information des Vorstandes die Kündigung durch den Justitiar des Vereines. Nachher hörte ich von der Erleichterung der Gruppe – vielleicht auch des Orchesters? Jedenfalls hat das – auf lange Sicht gesehen – den Trompetern der Wiener Symphoniker sehr gut getan. Heute sitzen, auch dank der Fürsorge der erfahrenen Kollegen, die besten ersten Trompeter dort am Pult.

Nicht immer fanden solche Entscheidungen Applaus. Sozusagen in Parallelität des oben erwähnten Falles und auch als dessen Folge war der „übrig gebliebene" alternierende erste Trompeter gezwungen, Petruschka von Strawinsky zu spielen, was nicht seine Stärke war, er hatte andere. Es kam zum ersten grundlegenden und Vertrauen erschütternden Krach besonderer Art. Christoph von Dohnanyi gab den Anlass (und ich erinnerte mich, dass Jahre zuvor ebenfalls Dohnanyi in Köln wegen eines Trompeters einen Skandal erzeugte, der zur Beendigung seines Chefvertrages mit dem WDR führte). Dabei erwarteten wir schon nach der ersten Probe Dohnanyis die Forderung nach einem anderen Trompeter. Nichts geschah. Die zweite Probe, die dritte, ja die Generalprobe verstrichen ohne ein böses Wort. Erst nach dem ersten Konzert erreichte sein „Er oder ich" den Generalsekretär des Orchesters, vermittelt durch den Generalsekretär des Konzerthauses. Das Orchester erwartete mit Recht die Gesichtswahrung des Kollegen, die durch ein zeitgerechtes Einschreiten gesichert gewesen wäre. So aber sah es nach Gewalt aus, nach einer Kraftprobe dessen, der schon in Hamburg und davor in Köln durch solche Fälle bekannt und unbeliebt geworden war. Mein Versuch, hier durch einen persönlichen Verzicht des Musikers klärend einzugreifen, schlug fehl. Der mit seiner Leistung selbst Unzufriedene wäre bereit gewesen, sich krank zu melden, doch der Vorstand brauchte offensichtlich Munition, leugnete irrwitzigerweise jede Fehlleistung des Trompeters. Krähensolidarität machte sich breit.

„Das bedeutet Krieg!" wurde mir von der Vorstandsseite her erklärt. Und seit dieser Zeit ging auch ich mit Existenzängsten durch das schöne Wien, die nach Österreich transferierte Familie machte mich korrumpierbar. Ich mied den Gang durch die Musiker-Garderoben vor dem Konzert, mied den Kontakt mit den Musikern, verschanzte mich hinter dem dunkelbraunen Schreibtisch.

Giulinis Rat, immer einen Fuß im Flughafen Schwechat zu haben, schien sich zu bewahrheiten. Man hatte mich gewarnt, von Deutschland aus den Schleudersitz anzunehmen, eine Rückkehr zum Kölner Rundfunk wurde immer wahrscheinlicher.

Yuri Ahronovitsch

Ich kannte ihn seit seiner Flucht aus der UdSSR, als er im Jahr 1972 Gürzenichkapellmeister in Köln wurde und auch zugleich die Oper führen sollte.

> In ihm lebten der Geist von Gogol und Dostojewski, die komische wie die tragische Seite, ein klein wenig Kindlichkeit zusammen mit Reife, er erschien wie eine Person aus einem Gemälde von Chagall. Ein Musiker mit klarem und überrumpelndem Talent, typisch für die russischen Juden, die prädestiniert sind für die Musik, schärfte er niemals – wie viele seiner Kollegen – die Waffen der Schlauheit und Gerissenheit, er verlangte nichts Anderes als das natürliche Recht, anerkannt und geschätzt zu werden.
> (Sergio Sablich in „Giornale della musica", Dezember 2002)

Der kleine, temperamentvolle, liebenswerte Musiker wird auch von den Orchestermitgliedern sehr geschätzt. Proben und Konzerte verlaufen bei ihm in zeremoniell traditionellen Bahnen. Während der Vorbereitung mit dem Orchester zählt die Kompetenz und das Wissen des Maestro, ab und zu ein Witz lockert die Atmosphäre auf, die große Menschlichkeit und der Humor sind nicht gespielt, Autorität zeigt er nur in musikalischen Fragen.

Das Konzert läuft wie ein heiliger Ritus ab und beginnt etwa eine Stunde vorher im Dirigentenzimmer. Dort wird er von der besten der Dirigentenfrauen eingekleidet, in einen zu großen Frack und ein frisches steifes Frackhemd, das jede Kopfdrehung behindert, gesteckt. Ein fülliges Halstuch mit Masche und einer Brosche geben ihm den nötigen Pomp.

Beim Auftritt trägt er – leicht hinkend – den langen Taktstock wie eine Rose vor sich her, der runde Kopf mit den grauen Löckchen und den aufgeblasenen Backen verraten Konzentration. Applaus, kurze freundliche Begrüßung, nach der Drehung zum Orchester ein ermutigender Auftakt, nachdrücklich zittert der Taktstock, Kopf und Knie begleiten den Einsatz der Musik. Dabei kann er sich hineinsteigern, die präzise Kühle der Proben muss durch die Interpretation des Augenblicks emotional geladen werden. Mit der linken dämpft er das Blech, indem er die Hand in Augenhöhe hält, als würde er geblendet. Im Rausch kann manch ein Lapsus passieren. Bei Yuri war es häufiger der Taktstock, der im hohen Bogen ins Publikum flog. Ansonsten selbstverständliche, mitreißende Qualität, ohne große Faxen, in der Harmonie einer sympathischen großen Persönlichkeit.

Beim Beifall klappt er in sich zusammen, mehrfach nickend mit dem Kopf.

Ahronovitsch lässt stets alle Musiker am Beifall teilhaben. Er ist der einzige Dirigent, der nicht per Wink sein Lob an die Kontrabässe und weiter entfernten Bläser und Schlagzeuger austeilt. Er drängt sich im Beifall des Publikums auf dem Podium zu jedem von ihm gelobten Musiker durch, lässt diese aufstehen und zwingt so den manchmal müder werdenden Beifall zu neuen Phonstärken.

Im Musikverein war Yuri jedes Jahr gefragt, bei den Symphonikern zusätzlich durch Konzerte zum Staatsfeiertag, zur Eröffnung des Festspielhauses in Bregenz oder bei Konzertreisen. Er hatte das Glück einer jungen aktiven Frau, die er in Israel kennenlernte und die ich für eine der perfektesten Dirigentenfrauen halte (auch das wäre einmal ein Buch wert: die Dirigentenfrau!).

Als sich die Vertragsbindung der Symphoniker mit Roshdestwenski abzeichnete, verabschiedete er sich – uns zunächst unverständlich -„für längere Zeit". Ohne ein böses oder feindliches Wort gegen den ausgewählten neuen Chef meinte er, er werde nun sicher nicht mehr in den Musikverein eingeladen. Ganz so Unrecht hatte er damit nicht, aber das Roshdestwenski-Kapitel war – wenn auch später hier ein längeres – so doch für das Orchester äußerst kurz. So blieb der Kontakt mit Ahronovitsch zwar mit einer Unterbrechung, aber auf Lebenszeit (er starb am 30. Oktober 2002) erhalten.

Zwei Geschichten aus der Zeit unserer Zusammenarbeit: Eröffnungsakt des Bregenzer Festspielhauses (Juli 1980) – die Böhmsche Eröffnung (Karl Böhm wurde für kurze Zeit als der Doyen der Dirigentenzunft geführt – alle Altersgenossen hatten ihm bis auf Karajan die attraktivsten Verpflichtungen überlassen) mit der Neunten von Beethoven und das erste Konzert unter der Leitung von Carlo Maria Giulini werden später erwähnt. Bei Yuri ein gemischtes Programm, „tutti frutti" sozusagen (Händel's Halleluja aus dem Messias, Chöre aus der Oper im Festspielhaus, eine Balletteinlage usw. ...) mit Präsidenten, Hymnen (die österreichische und die aus Vorarlberg), Reden, alles vom Fernsehen übertragen. Bei der Generalprobe typische Bregenzer Hektik und Nervosität. In dem Probenrummel kommt die Stimme des Fernseh-Regisseurs

Claus Viller aus dem Lautsprecher, da er die Reihenfolge des Programmablaufs nicht mehr präsent hatte: „Und wann kommt der Messias?" Stille, dann Ahronovitsch, der bekennende Jude: „Wir nicht wissen, wann der Messias kommt..." Dies war die Erlösung aus der Bregenzer Spannung.

Beim offiziellen Eröffnungsakt am Sonntagvormittag blieb jedoch aus anderem Grund allen das Herz stehen. Während der feierlichen Nationalhymne, das festlich gestimmte bis gerührte Publikum stand und sang „Brüder reicht die Hand zum Bunde ...", öffnete sich unversehens und leise – die Festgemeinde in Smoking und langen Kleidern erstarrte, sang jedoch tapfer weiter – der neue Vorhang der Festspielbühne und gab eine Schar verlegener Bühnenarbeiter und Sänger, die sich auf der Bühne vorbereiteten, erstarrt zu Salzsäulen, frei. Von der Bühne schaute man nicht gerade intelligent in den Zuschauerraum (soll man grüßen? Haltung annehmen? Soll man flüchten?), wir im Gegenüber kamen uns eigenartig beobachtet vor. Gebeutelt zwischen staatstragender Würde und umwerfender Komik, wussten wir nicht, wie wir reagieren sollten, also sangen wir laut und brav weiter, bis sich der geheimnisvolle Vorhang ebenso leise wieder schloss. Dies hatte jedoch mit Ahronovitsch nichts zu tun, die Techniker führten diese Panne auf eine durchgebrannte Kontrolleuchte zurück.

Und noch eine Geschichte um Yuri Ahronovitsch (es gibt unendlich viele davon). Die Wiener Symphoniker als Diplomaten auf Tournee in Kroatien und Slowenien. Vorher die berühmte Österreichtour mit zweimal Salzburg, zweimal Graz, je einmal Linz und Klagenfurt. Zehnmal (einschließlich der vier Aufführungen im Musikverein vorher!) die Achte von Dvorak, zehnmal das Violinkonzert von Tschaikowski mit Philip Hirschhorn (ebenfalls einem emigrierten Russen, der jedoch sichtlich unter dem Vaterlandsentzug litt und auch später wieder in die Heimat zurückkehrte). Das Orchester fuhr wie üblich im Januar mit dem Zug, begleitet von der Frau Vizebürgermeister und Präsidentin des Vereines „Wiener Symphoniker". Sie hatte den Auftrag, die brennende Slowenenfrage mit weiblichem Charme zu entspannen und mit Musik in den Städten Zagreb und Laibach zur Völkerverständigung beizutragen (was ihr schließlich auch gelang, wie wir heute wissen).

Während des Konzertes von Tschaikowski, das verständlicherweise nach dem zehnten Mal allen das Letzte an Konzentration abverlangte, passierte dem Solisten Hirschhorn ein Schmiss besonderer Art, ein gewaltiger Aussteiger, bis er sich, durch eine laute Rüge des Dirigenten aufgerüttelt, wieder hereinschmuggeln konnte. Ahronovitsch zischte dem Verträumten und durch Heimweh Gequälten auf Russisch zu: „Philip, mach die Augen auf, du bist nicht Karajan!"

Außerdem blieb mir diese Reise durch die Fürsorge von Frau Ahronovitsch in Erinnerung, der es gelungen war, neben Broten und Schinken einen slowenischen Barbera zu organisieren, so dass im Zug nach Graz eine recht fröhliche Stimmung einkehrte. Stimmung im Reisezug, wir kommen auf dieses Thema noch einmal in Verbindung mit Sawallisch und Lucia Popp zurück.

Thema Solisten:
(Prof.) Henryk Szeryng

Neben der hohen Kunst, die in diesen Zeilen hoffentlich ausreichende Berücksichtigung findet, spielen immer wieder menschliche Szenen, die vielleicht aussagekräftiger sind, eine Rolle.

Henryk Szeryng, einer der besten Geiger, kam gerne nach Wien. Alle Solisten lieben das kundige und begeisterungsfähige Publikum.

Seine Auftritte in Wien hatten eine bestimmte Kontinuität, dafür sorgte schon seine treue Agentin Baron. Einmal begann er seine Probenarbeit bei den Symphonikern im Konzerthaus (es war das Violinkonzert von Beethoven), dieses erste Zusammenfinden zwischen Solist, Dirigent und Orchester ist immer am spannendsten. Die Orchestereinleitung unter Lovro von Matacic übergab ihm den Einsatz, er kam zum Thema und beendete mitten in der so ergreifenden Aufwärtslinie mit einem wilden Schrei „Dingooo!" sein Spiel. Erschrocken brach man ab, Lovro schaute – offensichtlich an einige Ungereimtheiten des Solisten gewöhnt – über seine Brille, alle Aufmerksamkeit richtete sich auf den dunklen Hintergrund des Saales, wo die Ursache des Schocks zu sein schien. Aus der Dunkelheit den Gang herauf hetzte mit fliegenden Lefzen Dingo, der Boxerhund von Rainer Bischof, dem Direktionsassistenten im Konzerthaus, sprang auf die Bühne, Szeryng konnte gerade noch sein wertvolles Instrument nach oben haltend retten, Dingo schlotzte den berühmten Solisten, der sich alles begeistert gefallen ließ, ab. Peinliches, auch erlösendes Gelächter im Orchester, Dingo-Rufe. Der arme Hund, auf dem ungewohnten Podium orientierungslos, wedelte von einem zum anderen, manche rückten angstvoll beiseite. Jedenfalls hatte er seinen Auftritt, wie man so schön sagt.

Damit war die Gelöstheit der folgenden Probe garantiert.

Wolfgang Sawallisch

Der Generalmusikdirektor der Münchner Oper unter Günter Rennert und später unter August Everding erreichte es, an Everding vorbei die Position des Intendanten zu erhalten. Everding wurde in München als Generalintendant höher – und weit von der Oper weg – positioniert. Doch was jeder ahnte, erfüllte sich: der Intendant Sawallisch war dem Generalmusikdirektor gleichen Namens im Weg und nur der Druck gegen den Konkurrenten Everding ließ ihn bis zu seinem Schluss in München aushalten, wo er sich dann im Dezember 1992 mit einem beeindruckenden Fest in der Staatsoper (Wo hat es das schon gegeben, dass der zu Ehrende bei seiner Dankesrede von der Harfe begleitet den Tannhäuser singt: „Blick ich umher ...“?) von den Seinen verabschiedete, um in Philadelphia als Nachfolger von Ricardo Muti noch einmal eine ungewöhnliche Karriere anzutreten.

Doch nichts vorweg. Sawallisch hatte im Jahre 1970 nach zehnjähriger Tätigkeit als Chefdirigent in Wien die Stadt und das Orchester im Groll verlassen – die Vertreter des Orchesters hatten das Ihre dazu beigetragen – und es galt, im Jahr 1980, zum 80-jährigen Jubiläum der Symphoniker, alle noch lebenden Großen nach Wien zu holen. Dies gelang nur zum Teil, bei Sawallisch jedoch vollendet. Es gibt keinen exakteren, zuverlässigeren Maestro. Die Korrektheit spiegelt auch das weiße Hemd und die Krawatte im Probenbetrieb, beim Auftakt zu Beginn der Proben legt er schwungvoll seine Jacke über den Dirigentenstuhl.

Musikalische Unfehlbarkeit in seinem Repertoire ist ihm zu bescheinigen, so schwer er sich auch bei der Zusammenstellung seiner Programme tun mag. Seine Fama erhielt der damalige Aachener GMD bei den Symphonikern, als er einen zu frühen Einsatz der Trompete in Bartoks Konzert für Orchester abwinkte und jeder Instrumentengruppe auswendig dirigierend seinen Einsatz zurückgab, sodass alle zusammen partiturgerecht endeten.

Nach dem Konzert ist er einer der schnellen. Kaum kommen die Funktionsgratulanten noch kurz vor dem autogrammheischenden Publikum freudig ins Dirigentenzimmer, ist er schon fertig, wenn auch nicht umgezogen, da er beim Après-Konzert meist den Frack behält (demnach muss er zu den kühl-bleibenden Dirigenten der Richard-Strauss-Partei zählen). Beim Abgang nach all den Zeremonien von Gratulationen und Glückwünschen aus dem inzwischen verlassenen Saal, zwingt ihn seine Korrektheit, überall das Licht abzudrehen.

Weiteres Zeichen seines Strebens nach Zuverlässigkeit sind auch seine jedes Jahr zu Weihnachten an alle Freunde versandten handschriftlichen Grüße. Die Handschrift bleibt die gleiche, empfindliche, klare, lesbare, die Einstellung zu seiner Hamburger und Wiener Vergangenheit stets wohlwollend.

Es gelang, Wolfgang Sawallisch für die Jubiläumstournee 1980 zu gewinnen. Beim Kuratorium des Vereines stieß das Orchester auf großes Verständnis, so lagen die Mittel für eine teure Flugreise bereit, geplant in zwei Teilen, zunächst von Leipzig, nach Ostberlin, Leningrad, Moskau und London, dann – nach einem Zwischenspiel in Wien – über Budapest, Paris, Barcelona, Madrid,

Genua, Zürich nach Vaduz. Reiseabläufe dieser Art sind nicht nur von den Kosten die aufwendigsten. Instrumente mit einem Volumen von etwa 45 Kubikmetern und einem Gewicht von ca. 5 Tonnen erfordern ein besonderes Flugmittel, die ideale Maschine dafür war die alte „707" von Boeing, die nicht immer zu haben war. In diesem Fall mussten die Instrumente extra verfrachtet werden. Eine weitere Belastung sind die meist ungenauen Flugzeiten beim Charter, oft hatten die Mitglieder des Orchesters stundenlang zu warten, bis das Flugzeug einstiegsbereit war und die Fluggesellschaften verstanden hatten, dass wir keine Touristen waren. Dazu lief die Stoppuhr der Dienstzählung, der man nach anfänglicher Nervosität und hektischen Versuchen der Klärung – sei es beim Reiseunternehmer, sei es beim Orchestervorstand mit dem Stichwort „höhere Gewalt ..." auf lächelndes Unverständnis stieß – schicksalsergeben ausgeliefert war.

Der ersten Sawallisch-Tour nach zehn Jahren sollten die üblichen Konzerte im Musikverein vorausgehen. Aber auch hier waren zwischen den Generalsekretären der Institutionen Musikverein und Symphoniker Hindernisse in Form alter Animositäten gegen den Münchner Generalmusikdirektor zu überwinden. Die Umgebungskonzerte wurden ins Konzerthaus verlegt, das letztlich davon profitierte, dass der Münchner General im Musikverein nicht gelitten war. Dies hat sich dann sehr schnell erledigt und Sawallisch kam später zu seinem Musikvereinskonzert, da ein Konzert der Philharmoniker nicht so leicht als manipulierbare Masse betrachtet werden konnte.

Die Station Barcelona erreichten wir in einem kühnen Anflug, der manchem von uns das Grün in die Gesichter zauberte. Bei den Zollformalitäten war man noch benommen, gerade die südländischen Klippen sind nicht so leicht zu nehmen. Einer der Zöllner hatte sich Sawallisch's Koffer vorgenommen. Er ging mit der Hand durch die Präziosen des Maestro und seiner Gattin. Grinsend lugten die Musiker, eventuell ein Dessous der verehrungswürdigen Dirigentengattin Mechthild zu erblicken. Da stieß der Uniformierte auf etwas Ungeheuerliches, eine lange runde Röhre. Triumphierend hielt er sie hoch, entnervt riss ihm der Maestro diese aus der Hand, der Deckel löste sich und im hohen Bogen flogen an die zehn Taktstöcke durch den zollfreien Raum. Die Empörung auf beiden Seiten war groß. Nur durch Beiziehung des Vorgesetzten und Capitano, der meine Beschwerde über die Behandlung eines Künstlers, der am Abend für Barcelona ein Konzert leiten sollte, anhörte, erreichten beide Konfliktparteien Beruhigung.

Bruckners Vierte war im Reisegepäck, eine große Belastung für die Horngruppe, speziell für den ersten Hornisten Eisner, der sich nach dieser Tour seine feste Stelle erblasen hatte.

In unbekannten Städten sollte man für das Abendessen nach dem Konzert immer den Rat eines Musikers befolgen. Konzertmeister Schnitzler hatte uns in der Altstadt das Lokal „Los Caracolles" („Die Schnecken") empfohlen. Das Taxi brachte uns noch im „vollen Ornat" dorthin, oder vielmehr in die Gegend. Vor einer entgegengesetzten Einbahnstraße entließ uns der Fahrer, in eine bestimmte Richtung zeigend. Frau Sawallisch tat sich etwas schwer im langen Abendkleid, der Maestro trug noch seinen Frack und ich die übliche schwarze „Arbeitskleidung", in diesem Aufzug mussten wir in der Altstadt sehr „overdressed" anzusehen sein. Links und rechts in der dunklen Gasse riefen sich auffällig gekleidete junge Damen, die erstaunlicherweise in großer Anzahl auf etwas zu warten schienen, lustige Bemerkungen zu. Da wurden wir durch eine Sackgasse im Fortschreiten behindert. Was tun? Wir blickten uns hilflos um, mutig ging ich auf eine der Damen zu und fragte kühn: „Los Caracolles?" Die Dame war nett, sagte etwas wie „venga, venga!" und tippelte voraus. Man stelle sich die Delegation vor: geleitet von einer hochhackigen hüftewiegenden Dame stolperte ein Tross aus einem Mann im Frack, einer Dame im langen Abendkleid, die ihre Abscheu nicht verbergen konnte, in der Nachhut ein Bärtiger ebenfalls mit schwarzem eleganten Anzug durch die dunkelsten Gassen von Alt-Barcelona. Leider entstand für die sicher hochinteressierte Münchner Presse kein Foto.

„La!", wir standen vor dem Lokal, dankten, sie eilte zum Geschäft, wir zu einem hervorragenden Abendessen mit viel Fisch.

Leningrad, Moskau, London und Genua sind jeweils ein weiteres Erlebnis außermusikalischer Art wert.

So kommen wir „nahtlos" (Dieses Wort ist Hohn, wenn man die vielen Hindernisse vor und während der Reise von Berlin in die UdSSR bedenkt. Auch zwischen Ost-Berlin und Leningrad gab es einen „Eisernen", allein der schlechte telefonische Kontakt brachte uns zur Verzweiflung.) nach Leningrad. Dort nahm uns eine gut eingespielte Crew von vier Mamutschkas angeblich aus dem Hause Goskonzert, der staatlichen Agentur, unter die Fittiche. Eine war für die Busse zuständig, eine für das Hotel, eine für Frühstück und evtl. Abendessen, die letzte, sie trug eine Lederjacke, leitete das Ganze.

Das Konzert mit der inzwischen gut laufenden Vierten von Bruckner erhielt in der kühlen Leningrader Philharmonie eine reservierte Aufnahme, wir wussten nicht, dass das Publikum zwei Zugaben erwartet, um erst danach in frenetischen Beifall auszubrechen.

Da wir neben dem Radetzky-Marsch auch den Donauwalzer unter den Noten hatten, ging es dann doch noch jubelnd aus.

Der nächste Tag war ein freier, den wir mit Nachdruck für Leningrad durchgeboxt hatten. Die gewerkschaftlichen Regeln bescherten uns nicht nur diese Erholung, die auch der Manager gern akzeptiert, sondern einen – wie wir hofften – kurzen Flug am nächsten Tag nach Moskau. Man stelle sich vor, dass man mit Gewerkschaftsvorschriften im Musterland der Arbeiter nachdrücklich argumentieren muss, um den Nachtzug und damit einen weiteren Überdienst zu vermeiden.

Am Leningrader Flughafen ließ man uns lange warten, es wurde elf, zwölf, bis ich der Oberkommissarin in der Lederjacke sagte, dass wegen des abendlichen Konzertes in Moskau das Orchester (dieses erfundene Druckmittel konnte ich triumphierend einsetzen) spätestens um drei Uhr nachmittags im Hotel sein müsste. Sonst könnte es kein Konzert geben. Dies nun mobilisierte sie, die vorher meine Fragen nach dem Abflug auf die leichte Schulter genommen hatte und mit Nebel in Moskau abwimmelte. Wir wurden in einen weiteren Abfertigungsraum geführt, dort kamen uns viele Passagiere mit langen Gesichtern entgegen, wir durften ein Flugzeug besteigen, dessen Sitze noch warm waren. Es war offensichtlich kurz vor dem Start für uns ausgeräumt worden.

Der wartenden diplomatischen Vertretung am Moskauer Flughafen hatte man unsere Verspätung mit Nebel in Leningrad zu erklären versucht.

Die Musiker kamen beizeiten ins Hotel Rossija, ich erreichte den Ort der Erholung erst später nach einem Wodka-reichen Besuch beim Direktor des Komponisten- und Musikverbandes (und Mitglied des Zentralkommitees!), Krennikow, wo ich um Unterstützung für unsere Roshdestwenski-Pläne bat. Die Mission war erfolgreich, ich wurde danach leicht wodkabenommen und hungrig am Haupteingang des Hotels Rossija abgeliefert. Als außerhalb der Delegation zu spät Eintreffender irrte ich, kyrillische Buchstaben mühsam entziffernd, auf der Suche nach meinem Zimmer durch eines der größten Hotels der Welt. Schon Georges Prêtre verirrte sich hier und suchte nach einem Empfang nachts sein Zimmer und seine Gattin, indem er laut auf jedem Gang „Cherie!" rief (dies nehme ich, da wir uns gerade in diesem Hotel befinden dem Kapitel „Prêtre" vorweg). Ich hatte vor den autoritätsheischenden Mamutschkas, die jedes Stockwerk bewachten, nichts zu rufen, fand aber schließlich mein Zimmer, ebenso wie Prêtre Jahre zuvor auf einem der vielen Flure Antwort von der besorgten Gattin erhielt.

Der österreichische Botschafter lud zu einem Empfang, wieder ein Anlass über das Wechselspiel von Musik und Politik nachzudenken. Es war die gleiche Botschaft, die durch den Geheimpakt Stalin-Hitler, den Ribbentrop schmiedete, berühmt wurde. Das Büffet wurde wie immer schneller abgeräumt, als man sich vorstellen konnte, die Musiker gewannen dieses Rennen meist vor dem Dirigenten. Man stellte sich der schwierigen Aufgabe, Brötchen und Glas in einer Hand, die andere für Begrüßungen frei und verfügbar zu halten. Nachdem es tatsächlich einigen Musikern gelungen war, sich zu sättigen, wurde zum Sammeln gerufen, die Busse fuhren in Etappen zum Hotel.

Die beiden Orchesterwarte Giffinger und Kainz wollten die frische Luft beim Fußweg „nach Hause" genießen und ließen sich den Weg zum Hotel Rossija am Roten Platz erklären. Es war kühl und klar und nicht weit. Sie wanderten durch die (damals) sichere Moskauer Nacht. Es konnte sie nichts stören, auch nicht das lästige

Hupen eines Autos, das sich von hinten näherte. „Goanet reagieren", meinte Kainz zum Kollegen, der schon von Berufswegen immer gute Nerven hatte. Das hupende Fahrzeug näherte sich, die Herren gingen ihres Weges. Es war ein Kübelwagen, der nächtens die Straßen reinigte und sie mit einem Schwall von Schmutzwasser und Dreck übergoss.

Im Hotel kamen zwei völlig verschmutze, durchnässte, unterkühlte Wesen an, die man nicht in ihre Zimmer lassen wollte, die johlende Begrüßung ihrer Kollegen, die noch an der Bar Wodka nachlegten, legitimierte sie jedoch zu ihrem Glück.

Tage danach, schon in Wien, fand Frau Kainz noch „Moskauer Kies" in den Taschen eines Anzuges.

Der Moskauer Staub, den wir vor dem Londoner Konzert in einigen Cello- und Kontrabass-Kisten fanden, war da unangenehmer, hatte vor allem eine bedrohlichere Vorgeschichte.

Noch vor uns sollten am frühen Morgen die Instrumente in zwei Schüben vom Moskauer Flughafen Scheremetjewo nach London geflogen werden. So war es im Vertrag festgelegt, da die Russen lieber Realleistungen als Devisen erbrachten. Die Instrumente wurden direkt nach dem Konzert im Moskauer Konservatorium auf Lastwagen verladen und zum Flughafen gebracht. Bei unserem Abflug am frühen Nachmittag – die unbequeme Iljuschin mit durchgesessenen, engen Sitzen hob gerade ab – glaubten Musiker im Vorbeirasen einige Symphonikerkisten verlassen auf dem Flugfeld erkannt zu haben, aber wer hält das schon für wahr! Und wie kommen die auf das Flugfeld? Leider bestätigte sich diese Nachricht bei unserer Ankunft in London. Etwa acht Kisten mit Violoncelli und Kontrabässen fehlten. Da diese Nachricht sich nach angestrengten Recherchen in London am Abend bestätigte, holte mein Telefonat den Kulturattaché der österreichischen Botschaft in Moskau wegen der dreistündigen Zeitverschiebung kurz nach Mitternacht aus dem Schlaf. Dieser brave Mann machte sich noch in der Nacht auf und fand tatsächlich am Rande des Flugfeldes des Moskauer Flughafens die gesuchten Instrumentenkisten. Man hatte sie dort „abgestellt", als der Frachtraum des ersten Flugzeuges voll war. Ein Lob den österreichischen Diplomaten! Er erreichte, dass die restliche Fracht noch am Morgen in London ankam. Das Konzert und vor allem die vorher anberaumte Probe dort konnten planmäßig stattfinden.

Das Konzert in Brüssel zeichnete sich durch Routine und Tournee-Alltag aus und sei gern übergangen. Anonym wurden wir am Flughafen in die Busse und das Hotel gebracht, der Saal war glücklicherweise geöffnet und beleuchtet, nach dem Konzert niemand beim Dirigenten. Man kann dieses Konzert in Brüssel am besten vergessen.

In Genua kamen wir mit einem verspäteten Charter bei Windstärke sechs an. Aber die fünf Tonnen der Instrumente bedeuteten genügend Gegengewicht bei der Landung auf der Piste, die weit bis ins Meer hinaus ging (besonders ermutigend, wenn dann ein Musiker verträumt sagt: „Runter kommen sie alle!"). Die kleine Baracke des provisorischen Flughafens platzte schier aus den Nähten bei dem Eindringen von 100 Musikern, Koffern und der zahlreichen Delegation zur Abholung. Das Chaos war perfekt, als auch noch die Instrumentenkisten, statt in die auf dem Flugfeld stehenden LKW's wie die Koffer in die Abfertigungshalle angebracht wurden. Lüsterne Kofferträger boten uns in Aussicht auf das Geschäft des Jahres ihre Dienste an. Dass da etwas nicht stimmen konnte, bemerkte man dann allerdings, als eine Kontrabasskiste den schmalen Kofferdurchlass auf dem Rollband blockierte. Als dann schließlich alles geklärt war, die Instrumente den richtigen Weg in die Sala „Margherita", einem Plüsch-Varieté-Theater, gefunden hatten, die Begrüßungsszenen mit den Honoratioren der Stadt Genua, bekannt durch die Konzerte „Frühling in Wien" (s. entsprechendes Kapitel), überstanden waren, fiel der Großteil der durch den Klimawechsel vom kühlen Brüssel ins schwüle Genua geschüttelten und geschockten Musiker in einen tiefen Nachmittagsschlaf.

Dieser war Sawallisch nicht vergönnt. Wir hatten für ihn – einem Geheimtipp folgend – eine Hotelvilla in Nervi gebucht. Schon die Ankunft verlief absolut nicht einer Luxusherberge entsprechend, niemand kam die Koffer holen, die Rezeption war unkonzentriert und chaotisch. Das Zimmer mit Blick aufs Meer war der einzige Pluspunkt im Preis-Leistungsverhältnis. Als es auch nichts zu essen gab, zogen die Sawallischs nach kurzer Kontaktaufnahme mit ihrem Reisebüro in München ins einzige Fünfsternehotel im Zentrum von Genua.

Die Erklärung des Übels erreichte uns später und hatte einen menschlich-traurigen Hintergrund. Der Besitzer des Hotels in Nervi hatte gerade an diesem Tag einen Schlaganfall erlitten. Dass Sawallisch dennoch drei Stunden später frisch und wohlgelaunt zur Einspielprobe erschien, ist ihm hoch anzurechnen.

Zwei weitere große Tourneen (Österreich und USA) sollte der wiedergewonnene Sawallisch in den Jahren 1982 und 1985 leiten. Dabei kam das Interesse der alles beherrschenden New Yorker Agentur CAMI den Vorhaben entgegen. Nelly Walter, eine zeitgerecht ausgewanderte Dresdnerin, hatte bei der Columbia Artist Management Inc. am Broadway in den Kriegsjahren eine Aufgabe gefunden und war der organisatorische Mittelpunkt aller von Europa ausgehenden Orchesterreisen. Doch zeichnete sich langsam das Ende dieses anfangs blühenden Gewerbes ab, Frau Walter war inzwischen eine Dame über achtzig, Universitäten wie Ann Arbor oder Schokoladefabrikanten wie in Hershey hatten soviel Geld nicht mehr.

Die Reisen mit Wolfgang Sawallisch jedenfalls gaben den Glanz alter Zeiten wieder, man erinnerte sich an sechswöchige Touren mit dreißig und mehr Konzerten über den ganzen Kontinent in Grey-Hound-Bussen. Doch das waren alte Zeiten. Jetzt (1985) musste sich Sawallisch mit 14 Konzerten zufrieden geben. Das Programm – schwer genug entstanden und mit häufigen Gegenüberlegungen ständig verunsichert – spielte zwischen Richard Strauss, Bruckner und Johann Strauss. Leider war es nie den Konzertorten angepasst. So kam in Westpoint, der Militärakademie, Richard Strauss, in Philadelphia Johann Strauß zur Aufführung. Ein Kritiker aus Philadelphia beschrieb diese offensichtliche Nachlässigkeit der Agentur treffend: „Man geht in eines der feinsten Restaurants, um Linsensuppe zu essen!" Die Uniformierten mit den rasierten Köpfen des Saales in Westpoint, die langsam nach unten fielen, müssen angesichts der fetten Kost eingeschlafen sein ….

Sawallischs Bruckner ist bekannt – dass er aber hinreißend und elegant Johann-Strauss-Programme beherrschte, weniger. Als Chef der Symphoniker war er häufiger verführt, diesen echten „Wiener Schmäh auf Symphonisch" und ohne Notenpult zu geben. Bei einem Konzert hatte er die Reihenfolge – wer kann schon bei zehn folgenden Stücken die Dramaturgie behalten? – vergessen und zischelte nach dem Applaus des letzten Stückes beim Umdrehen dem Konzertmeister Topolski seine Frage nach dem folgenden Stück zu. Der besaß die Unverschämtheit, im echten Wiener Singsang zu antworten: „Auf dreei, Herr Kapölmeeister, auf dreei!"

Sawallisch dirigierte auch die Österreichtour 1982. Wieder waren Konzerte in Jugoslawien angehängt. Wenn bei solchen Reisen einmal eine Gesangssolistin gefragt ist, geht das nur mit höchst disziplinierten und zuverlässigen Sängerinnen. Lucia Popp war eine solche. Sie und Richard Strauss' „Vier letzte Lieder" unter der Leitung von Wolfgang Sawallisch ergaben bei jedem der Konzerte eine Modellaufführung, doch nie war der Maestro zufrieden, die Konzerte mochten noch so umjubelt sein. „Ich kann niemals zufrieden sein!"

Damit hat Wolfgang Sawallisch (unbewusst?) die Augenblickskunst Musik trotz ihrer Beglückung in ihrem empfindlichsten Punkt getroffen. Der Interpret darf niemals zufrieden sein. In der Malerei, eventuell auch bei der Schallplatte, besteht immer noch die Möglichkeit des Nachbesserns, sogar ein Olympionik hat (meist) drei Versuche, und hier geht es nur um physische Anstrengung. Im Konzert jedoch erzwingt der nicht aufzuhaltende Zeitfluss die (Höchst-) Leistung gerade in diesen Umständen, in diesem Moment.

Immer mehr zu verlangen, die Höchstleistung immer wieder von dem nächsten Konzert übertreffen zu lassen, ist nicht nur Sawallischs Qualitätsbegriff.

Thema Solisten:
Lucia Popp

Lucia Popp kam aus dem benachbarten Bratislava, heute Hauptstadt der Slowakei, damals durch einen „sehr eisernen" Grenzübergang von Österreich getrennt, obwohl zu k.u.k.-Zeiten eine Straßenbahn zwischen Wien und Bratislava verkehrte. Trotz der damaligen Schwierigkeiten fand Lucia ihren Weg nach Wien leicht und direkt. Sie sang in der Staatsoper vor und wurde gleich als Königin der Nacht engagiert (die „diensthabenden" Königinnen dieser Produktion meldeten sich all zu häufig krank). Aber sie ließ sich nicht in dieser Rolle verheizen. Sowohl in Wien als auch allmählich in der ganzen Welt wurde sie in Mozart-und Strauss-Rollen der Star und folgte den Repertoirevorgaben der Schwarzkopf: Das Mozart-Repertoire des lyrischen Soprans, bis später Strauss-Rollen folgten, wie die Gräfin in „Capriccio" oder im „Rosenkavalier" zunächst die Sophie und als Krönung die Marschallin. In Köln, wo sie sich an den Kapellmeister aus der ungarischen Fischer-Dynastie (Georg) band, wurde sie als Susanna gefeiert, bald standen ihr die Opernhäuser der Welt offen.

München wurde eine feste Heimat.

Neben der musikalisch-theatralischen Begabung und ihrer offenen, in der Höhe leicht an ihrer slawischen Färbung erkennbaren Stimme, zeichnete sie kluge Disposition ihrer Kräfte, harmonisches Hereinwachsen in Rollen, unwiderstehlicher Bühnencharme und große Disziplin aus.

Diese Sängertugenden verleiten zu einem Ausflug in die leider unterschiedlichen organisatorischen Qualitäten der Sänger, Selbst-Management mit einem Ausdruck, wobei die der Kräfteeinteilung und Vorbereitung auf die jeweilige Rolle die wichtigste zu sein scheint. In Zeiten des Jets, wo manch ein Sänger möglichst jeden Abend irgendwo anders auftreten möchte, bedeutet gerade das Haushalten für die Stimmbänder „Langzeitpflege". Zwei entgegengesetzte Beispiele durfte ich kennenlernen: Leonie Rysanek und Josef Protschka. Die Rysanek hatte es sich zur Gewohnheit gemacht, an allen Auftrittsorten der Welt eine Woche vorher anzureisen.

Bei Josef Protschka ist die gegensätzliche Beweisführung eine längere, traurige Geschichte.

Prêtre leitete im Konzerthaus das Requiem von Berlioz, das eine äußerst schwierige und extrem hohe Tenorpartie enthält. Insofern war die Besetzung mit dem damals noch jungen Tenor Protschka nicht problemlos. Die Proben verliefen beruhigend, seine junge, kräftige Stimme war nicht ideal für die Partie, die Frische und Ausgeruhtheit machten aber das Beste daraus.

Einen Tag vor der Aufführung reiste Protschka, ohne dass es einer erfuhr, nach Bonn, um dort den Max des Freischütz zu singen. Ein nicht nur übermüdeter, sondern auch völlig indisponierter und stimmlich falsch eingestellter Tenor kam zurück. Protschka quälte sich mit seiner Partie während des Konzertes, das im Fernsehen live übertragen wurde, sicht- und hörbar herum, bis ihm die Stimme versagte. Ich habe mich noch nie so geschämt beim Schlussapplaus. Soweit der kleine Exkurs über sängerische Selbsterkenntnis und Beherrschung des Terminkalenders, Tugenden, die Lucia Popp reichlich besaß.

Auf der Höhe ihrer Laufbahn war Lucia Popp ein Gewinn für Symphoniker-Konzerte wie „Frühling in Wien", wo sie u.a. die Annenpolka „mit Schwips" sang. Bewundernswert ihre Disziplin: Sie war eine der wenigen, mit der man auf Reisen gehen konnte. So geschehen mit Sawallisch und den „Vier letzten Liedern" von Richard Strauss.

Auf der Rückreise von Laibach, dem Schlusspunkt einer „erweiterten" Österreichreise, hatten alle Reiseteilnehmer unter der Kälte der ÖBB-Wagen zu leiden: Man hatte sie nicht – wie versprochen – an die Versorgungsgeleise angeschlossen, um sie aufzuheizen. Auch Symphoniker Höffinger, Meister für alle ÖBB-Fälle, konnte nicht helfen.

Aber Lucia Popp erwies sich im kleinen Abteil, das sie, Frau Sawallisch und der Maestro und ich besetzten, als Retterin der Situation. Die noch soeben für den Rest der Fremdwährung von Isolde Rapp, der Reiseleiterin, klugerweise erworbene Flasche Sliwowitz machte die Runde, jeder nahm sie verlegen in die Hand, sagte: „Nein, danke!", gab sie leicht verlegen weiter, bis Lucia sie an den Mund legte und kräftig gluckernd einen großen Schluck tat. „Jetzt Sie, Professor!" So ermutigt wagte auch Sawallisch unter den missbilligenden Blicken der treuen Gattin, kühn die Flasche an den Hals zu setzen und zu schlucken.

Es wurde eine sehr lustige Bahnfahrt durch die verschneite Winterlandschaft.

Carlo Maria Giulini

Carlo Maria Giulini ist die große Ausnahme der Dirigenten-Persönlichkeiten, nicht nur in der Symphoniker- sondern der gesamten Musik-Welt.

Weder die Technik des Dirigierens noch die Mittel der heutigen Kunstpräsentation sind für ihn maßgebend. Er ist „nur" Mensch und Musiker.

Daher verdient kein Musiker der Welt unsere Verehrung so wie der in Barletta, Apulien, geborene und in Südtirol aufgewachsene. Er erzählte mir anlässlich einer Hörfunksendung zu seinem 80. Geburtstag seine musikalischen Anfänge, wie sich die Musik in ihm durchsetzte, wie er in Bozen mit dem Apotheker und einem weiteren Laienmusiker Kammermusik gespielt hat, wie er dann von seinem Vater, einem Holzhändler, auf die Musikerlaufbahn gebracht wurde. Als Bratschist im Orchester der römischen „Accademia di Santa Cecilia" erlebte er die ersten Begegnungen mit den großen Dirigenten seiner Zeit (vor allem Otto Klemperer, Bruno Walter und Victor de Sabata), sein Musikantentum ordnete sich in diese Tradition ein. Dies ist er immer geblieben: ein Musiker unter Kollegen mit einem hohen Anspruch an sich selbst und an andere. Seine hohe Meinung von der Musik und den Komponisten siedelten ihn in einer Welt an, die meilenweit über den alltäglichen Querelen liegt. Darum war er diesen auch nicht gewachsen und erwartete mit einiger Berechtigung, dass man ihm die Arbeit des Musikers ermöglichte, ohne ihn mit dienstrechtlichen Problemen einzuengen. Die Wiener Symphoniker mit dem Chefdirigenten Giulini wären auf dem Wege zu einem der ersten Orchester in der Welt gewesen, wenn sie und die sie verwaltende Umgebung den Maestro verstanden hätten.

Als die Wiener zu spät („wie üblich", hätte ich fast geschrieben) seinen Wert erkannten, war er bereits für Wien verloren. Er war bereits von Los Angeles abgeworben, als ich meinen Vertrag begann. Müßig, den Willen zur Zusammenarbeit mit mir hier zu dokumentieren. Dennoch gibt es keinen schöneren Adel meines Berufsweges als seine Feststellung: „Wenn ich das gewusst hätte ..!"

Später als ich in Stuttgart war, hat er mir im hohen Alter diese Anhänglichkeit bewiesen. Die zwei außergewöhnlichen Konzerte, die er dem RSO Stuttgart widmete, wurden Geschichte. (1996 dirigierte er die Neunte Sinfonie von Anton Bruckner, 1998 die Neunte Sinfonie von Franz Schubert. Beide Aufnahmen mit dem RSO wurden wertvolle Schallplatten im Archiv des SDR.)

Unter den „restlichen Konzerten", die Carlo Maria Giulini dann nicht mehr in der Funktion des Chefs nach 1977 mit den Wiener Symphonikern durchführte, sind mir die Neunte Sinfonie von Ludwig van Beethoven, als Neujahrskonzerte im Konzerthaus, das Konzert zur Eröffnung des Bregenzer Festspielhauses und die Produktionen der Klavierkonzerte von Beethoven mit dem Solisten Arturo Benedetti-Michelangeli in besonderer Erinnerung geblieben.

Keine seiner Proben ließ ich mir entgehen. Dabei grenzte es an ein Wunder, wie sich der (wahre) Maestro und das Orchester inzwischen verstanden. Sein Schlag war nicht immer präzise, sein

Gesichtsausdruck abgeklärt, er brach ab, murmelte etwas für mich Unverständliches, begann wieder, und es klang ganz anders.

Als Chef war dieser edle Mensch fehlbesetzt (sowohl in Wien als auch in Los Angeles). In Chicago hat er mit Solti eines der besten Orchester der Welt geleitet, dabei überließ er die Führungsrolle bewusst Solti. Die Aufnahmen aus dieser Zeit, die sein relativ enges Repertoire festhalten, sind einmalig. Die Perlen seines Repertoires sind Bruckners Sinfonien, Schuberts „Neunte", Mussorgskys „Bilder einer Ausstellung", Mahlers „Erste" und „Neunte", Mozarts „Requiem" und „Don Giovanni", Debussys „La mer". Dies alles ist getragen von seiner besonderen musikantischen Tiefe, die geteilten Violoncelli in „La mer" z. B. habe ich nie so ergreifend akzentuiert gehört.

Giulinis Dirigierschlag ist fast nachlässig und metrisch nicht immer deutlich. Bei Fortissimo-Einsätzen stemmt er beide Beine durchgedrückt auf das Podium und greift den Taktstock mit beiden Händen, um die Gewalt, die Erschütterung, zu übersetzen. Bei der Neunten von Beethoven hebt er die Faust beim Trompeteneinsatz des Finales. Dieser Dirigent beweist, dass in diesem Beruf eher die Persönlichkeit gefordert ist. Das Handwerk, die Technik spielt dort keine Rolle, wo ein bewundernswerter Musiker seine Musik formt und das Orchester mitreißt.

Im Jahre 1980 wurde das Festspielhaus in Bregenz fertiggestellt. Der clevere Direktor Ernst Bär verstand es, den „Kuchen" auszuwalzen, so dass es eigentlich drei Eröffnungkonzerte gab: ein vorgezogenes und repräsentatives (und im Rahmen der üblichen Österreichreise aufgewertetes) unter Giulini (Februar 1980) ein festliches unter Karl Böhm mit der Neunten Sinfonie von Beethoven (18. Juli 1980), und eines, das dem Faktum der Eröffnung (17.

Juli 1980) entsprach, das Ahronovitsch leitete (wir erwähnten dies schon) und das selbstverständlich mit Reden derer ausgeschmückt war, die das Haus diskutiert, geplant, finanziert, verantwortet und schließlich gebaut hatten. Und all diese schmückten das neue Haus mit ihrem wortreichen Segen am Rednerpult. Der Erfolg hat eben viele Väter.

Im Februar, als Giulini nach Vorarlberg kam, fand auch der Symphonikertag statt. Die Probe mit Giulini für das Abendkonzert war zu Ende, die Musiker verteilten sich in die verschiedenen Räume und Säle des neuen Hauses, um sich für ihren Tag vorzubereiten. Mit Giulini ging ich vom Dirigentenzimmer aus noch einmal durch das Haus, das Giulini bewunderte. Als wir oben im Foyer vor dem Eingang des großen Saales stehen blieben, hörten wir die süßen Klänge der zehn Cellisten. Giulini öffnete die Tür und blieb wie vom Donner gerührt stehen. Die Klänge der vereinten Cellogruppe brachten ihm die Tränen in die Augen. Ein Dirigent, der sich ohne Scham von Julius Klengel rühren lässt!

In unschöner Erinnerung halte ich die Diskussionen um Giulinis Abendgage, zu denen die Vertragsgebarung des Musikvereins zwang. Es gab in der Serie „Die große Sinfonie" – wie schon oben festgehalten – in den siebziger Jahren mindestens vier Aufführungen ensuite. Davon ging eine als Generalprobe für die Jeunesse ohne Honorar durch, was nicht jeder Künstler ohne weiteres akzeptierte, da doch Publikum den Saal füllte. Marcella Giulini beurteilte die Lage ebenso. Und sie war eine Fechterin für ihren Mann, der sich im Dirigentenzimmer hinter den Vorhang des kleinen Umziehzimmers zurückzog, damit wir hart argumentieren konnten. „Voi discutete, io mi cambio …" („Ihr könnt diskutieren, ich ziehe mich inzwischen um"). Dennoch war kein Zweifel, dass er eifrig mithörte. Heute gestehe ich, dass sie recht hatte, damals musste ich die mir nicht genehme Sache der Veranstalter vertreten.

Hier wäre die Gelegenheit, einmal allen Dirigenten-Gattinnen dieses Formates ein Denkmal zu setzen. Marcella Giulini stünde ganz oben auf dem Marmor, daneben sicher auch Mechthild Sawallisch, Anni Jochum, Anita Wand, Kay Norrington, Tami Ahronovitsch und viele andere.

Signora Giulini hatte zunächst für die drei Söhne gesorgt, um sich dann ganz – im zweiten Leben sozusagen – dem Künstler Giulini zu widmen. Termine, Honorar, Reise und Übernachtung waren ihre Aufgaben.

Es bedeutete für den Maestro eine doppelte Tragödie, als Marcella Giulini einen Schlaganfall erlitt. Sie war gehbehindert, später an den Rollstuhl gebunden, das Sprachzentrum war getroffen. Der Maestro wollte aber auf seine Reisebegleitung nicht verzichten, kühn plante er bei einem ersten Konzert nach der Besserung mit ihr einen Flug von Mailand nach Wien. Wir standen an der Gangway, Giulini trat zuerst aus dem Flugzeug und eilte, uns sehend, hinab. Da erreichte ihn ein Laut, Marcella hinter ihm stand hilflos auf der höchsten Stufe und traute sich nicht, die steile Treppe allein herunter zu gehen. Schuldbewusst stürmte er wieder hinauf, um ihr zu helfen. Liebevoll strich er ihr die Haare aus dem Gesicht, dann erst stellte er sich der Begrüßungszeremonie. Alle spürten trotz aller Rührung, dass dies so nicht gehen konnte. Der Maestro musste auf sie verzichten, sofern er weiter Konzerte in der Welt geben wollte, und er konnte und durfte sein Künstlertum nicht aufgeben. Die bisher schon wenigen Konzerte konzentrierte er auf ein Minimum, um so oft wie möglich bei ihr zu sein. Die Reisebegleitung des alternden Maestro übernahm später Sohn Francesco.

Noch eine Bemerkung zur absolut ideellen Einstellung dieses Dirigenten. Hintergrund aller Honorarüberlegungen ist auf beiden Seiten, Künster wie Veranstalter, das Prestige. Für den Künstler ist es für seine Biografie wichtig, in dieser Stadt, in diesem Saal oder mit diesem Orchester musiziert zu haben. Für die Veranstalter bedeutet ein außergewöhnlicher Dirigent die Anhebung des ganzen Angebotes. So wird auf beiden Seiten im Endeffekt Prestige zu Marktwert, zu Geld. Giulini steht wie einige seines Berufes über all diesen schnöden Überlegungen. Er ist nicht der Dirigent, der zu den Materialisten zu zählen ist. Ihn hat das nachlässige Verhalten der Wiener Veranstalter beleidigt, nicht so sehr die Höhe des Honorars.

Giulini verfolgte in der Honorierung der Kunst eine vornehme Art. Ihm imponierte die (für einen „Manager" zunächst schockierende) Idee, ihm nach dem Konzert einen Blankoscheck vorzulegen, auf dem er selbst sein Honorar bestimmen könne. Aber zu solch noblen Gesten fand sich im Musikverein und im Verein Wiener Symphoniker natürlich niemand.

Thema Solisten:
Arturo Benedetti-Michelangeli

Es war ein Unternehmen ungewöhnlichen Ausmaßes, fast unüberwindbarer Schwierigkeiten unter belastender Spannung, beginnend im September 1979 alle fünf Klavierkonzerte von Beethoven mit Arturo Benedetti-Michelangeli und Carlo Maria Giulini, den Wiener Symponikern, dem Fernsehen mit Livesendungen, der Schallplatte und dem Video unter dem gelben Label der Deutschen Grammophon Gesellschaft und unter dem Dach des Musikvereins zusammenzubringen. Erste Versuche zwischen Carlos Kleiber und Michelangeli in Berlin endeten noch im Dirigentenzimmer vor der ersten Probe mit der gegenseitigen Beteuerung, dass jeder nur korrekt die Partitur Beethovens interpretiere. Die wartenden Berliner Philharmoniker konnten ihre Instrumente wieder einpacken.

Nein, jetzt sollte es seriös zugehen. Der verantwortliche Produzent der Deutschen Grammophon aus Deutschland spielte sein ganzes Prestige aus, Benedetti-Michelangeli war gutwillig, fühlte seinen Exklusiv-Vertrag bedroht und brauchte Geld. Die drei Flügel standen in den Nebenfluren des Musikvereines, sie waren auf 442 Herz gestimmt. Die in Wien (durch Karajan) auf 446 Herz hochgedroschene Stimmung bedeutete für den empfindsamen Virtuosen und Sensibilissimus am Konzertflügel Tonnenlasten.

Darum war die anfängliche Hauptfrage, wie bekommen wir die Orchesterstimmung runter. Doch wie verlängert man eine Klarinette, die in ihrer Bauweise auf 445 Schwingungen eingerichtet ist? In einer der vielen Sitzungen musste auch dieses Problem im Beisein aller wichtigen Entscheidungsträger erörtert werden. Alois Brandhofer, einer der besten Klarinettisten nicht nur Wiens, stellte glaubhaft dar, dass er sein Instrument nur begrenzt auseinanderziehen könne. Jürg Schäftlein, Solo-Oboist und erfahrener Sprachführer, leitete eine Extraprobe mit dem Solisten und den Bläsern. Auf beiden Seiten wurden gutwillige Kompromisse eingegangen. Es kam zu Proben und Aufnahmen des Konzertes Nummer eins. Die beiden italienischen Künstler verständigten sich in ihrer gemeinsamen Sprache, ohne sich zu verstehen. Sie schätzten sich wohl auch. An Giulinis Geduld wurden aber hohe Ansprüche gestellt. Jeder halbe Satz eines Konzertes wurde unterbrochen, da doch das andere Instrument dort im Flur das bessere zu sein schien. „Scusi, maestro…!" Dies war Anlass für eine zwanzigminütige Pause, die Orchesteraufstellung wurde beiseite, das „neue" Klavier hereingeschoben, um dann doch nach etwa halbstündiger Probe wieder ausgewechselt zu werden. Es ging nicht weiter. Das Konzert, das sofort nach der Ankündigung ausverkauft war, und die Fernseh-Übertragung waren gefährdet. Und so ging es während der ganzen Konzertreihe, eine einzige Zitterpartie in fünf Folgen. Bei der kurzfristigen Absage der zweiten Folge erschien bei der Livesendung des Österreichischen Fernsehens eine Runde verlegener Produzenten auf dem Bildschirm. Man hatte ein „lauschiges" Arrangement auf der Bühne des Musikvereins eingerichtet, um den Pianisten erklären zu lassen, warum er sich außerstande sah, dieses Konzert zu spielen. Das Publikum im Saal, das schon so häufig bis an die Grenzen der Zumutbarkeit genasführt worden war, erhielt seine gekauften Karten zurückerstattet.

Die Serie und ihr Ergebnis mit zwei durchgeführten Konzerten und schließlich (das dritte Konzert kam nach zweijähriger Bearbeitung heraus) mit drei Konzerten auf Schallplatte und Video, blieb ein Torso.

Die Erschütterungen über die nicht erfüllte Aufgabe gingen bis tief in den Konzern der Deutschen Grammophon Gesellschaft.

Bei einem solchen Missverhältnis von Aufwand und Ertrag (Benedetti-Michelangeli hat oft genug die Schlagzeilen „Skandal" oder „Eklat" auf sich gezogen) ist eine „Moral der Geschicht" angebracht: Eine der höchsten Tugenden des Künstlers, neben der musikalischen Begabung, ist die Disziplin. Die wieder gründet sich auf eine urige Gesundheit. Und Arturo Benedetti-Michelangeli war nur manchmal im Vollbesitz der natürlichen Schaffenskraft, in diesen Momenten war er unvergleichlich.

Karl Böhm

In den 60er und 70er Jahren bedeutete der damals neben Karajan und Krips in Wien „amtierende" Dr. Karl Böhm eine nüchterne, aber höchst zuverlässige Alternative zu den anderen musikalischen Leitern an der Staatsoper und den Konzerten der Philharmoniker. Diese Ausstrahlung verdankte der Grazer u. a. der unsentimentalen Art seiner Selbstdarstellung und dem Faktum seines juristischen Studiums, auf das er besonders stolz war. Darum war seine gewünschte Anrede nie „Herr Generalmusikdirektor" oder „Herr Professor", er oder die ihm Zudienenden forderte/n stets den „Dr. Böhm". Damit erzeugte der Zeitzeuge von Richard Strauss, dessen Werken er sich besonders nahe erklärte, eine technisch-kühle Wirkung seines Dirigates. Zweifellos war der Stil seines Dirigierens perfekt, was ihn für moderne Literatur (Alban Berg) prädestinierte, dennoch verbreitete er stets den Ruch des „Leicht-Langweiligen", „Kleinlichen", ‚Trockenen". Nur seine Mozart-Opern waren im Stehplatz-Publikum, den eigentlichen Kennern, der Staatsoper beliebter als die Karajans, „Don Giovanni" ausgenommen. Karl Böhm blieb auch nach dem (für einen großen österreichischen Dirigenten obligaten) Staatsopernjahr als Direktor ein viel gefragter Philharmonikerdirigent.

Die Symphoniker hatten früher mehr (1947 leitete er die erste Symphoniker-Tournee in die Schweiz), später (nach 1975) wenig Kontakt mit Karl Böhm. Sein hohes Alter erlaubte ihm, als alle seine „Konkurrenten" verstorben waren, eine Karriere mit außergewöhnlichen Anlässen und Honoraren, von denen seine Familie augenscheinlich profitierte. Er lebte diese Aufgabe einer Alterskarriere mit bescheidener und disziplinierter Hingabe.

Bei den Proben erreichte sein raunziger Ton bald eine leicht gespannte – wie er meinte, produktive – Atmosphäre. Typisch für ihn der exakte, dynamisch-federnde Schlag, ab und zu im Ausbruch mit einem Aufrichten des Körpers und dem Beiziehen der linken Hand verbunden. Im höheren Alter hieß das ein Abrutschen vom Hocker, den er im Abflauen nicht immer wieder erreichte, obwohl der erhöht und auf Beinlänge eingerichtet war.

Als er zur Galavorstellung der Neunten Sinfonie von Beethoven zu Beginn der Festspiele ins neue Haus nach Bregenz kam, stand alles in höchster Alarmbereitschaft. Böhm wurde ins bescheidene Dirigentenzimmer des neuen Festspielhauses geleitet, das sich in der Morgensonne ziemlich aufgeheizt hatte (eine Klimaanlage war aus Kostengründen nicht genehmigt worden). Man suchte auf den drei vorhandenen Sesseln Platz, da erstarrte der Maestro. Ein Bühnenarbeiter war laut pfeifend im hellhörigen Flur am Zimmer vorbei gegangen. „Hören's!", der klapprige Maestro riss die Tür auf, „man pfeift nicht in einem Opernhaus!" Entschuldigungen stammelnd entfernte sich der Gemaßregelte, Peinlichkeit überfiel die Anwesenden. Dr. Böhm konnte sich die ganze Zeit über diese jungen Flegel, die kein Feingefühl kennen, erregen. Bis zu aller Erlösung der Orchesterinspektor eintrat: „Das Orchester ist bereit, Maestro!".

Im Trupp schritt man zum großen Saal, durch die Bühnenseitentür auf das Podium. Das Orchester klappte freundlich mit den Bögen auf die Pulte, ein leichtes Lächeln, und gleich der Auftakt ohne lange Einführungen. Auch hier ist von einer grantigen, viele Musiker maßregelnden Probenarbeit zu berichten.

Die Aufführung der Neunten stand unter festlichem Anlass in klassischem Maß. Nur bei Prof. Albert Moser, dem Generalsekretär des Musikvereins, kam keine festliche Stimmung auf, er litt Qualen. Er saß in der ersten Reihe direkt unter dem Dirigenten, der sich im Lauf der knapp sechzig Minuten immer mehr verkrampfte auf seinem Stühlchen. Die Haltung des manchmal versuchsweise Nachrückenden wurde schräger und schräger. Jeden Augenblick erwartete man den Absturz. Sollte man den Konzertmeistern ein Zeichen geben? Dann kam schließlich die Erlösung im Finale. Der rauschende Applaus ließ ihn unberührt und mit dem Rücken zum Publikum verharren, bis die beiden weiblichen Solistinnen – sie arbeiteten sich von der Chorebene nach vorne – ihn links und rechts „am Henkel" für das Publikum herrichteten.

Erich Leinsdorf

Erich Leinsdorf lebte mit seiner Heimatstadt Wien immer in gespanntem Verhältnis. Nach seiner musikalischen Ausbildung und den ersten Erfahrungen in der Musikstadt und als Assistent in Salzburg, konnte er im Jahr 1937 einer Einladung an die New York Metropolitan Oper folgend den kommenden schwierigen und gefährlichen Zeiten in Europa ausweichen. Nach dem Krieg begannen die Kontakte sehr vorsichtig, bis er sich Ende der siebziger Jahre entschloss, auch in Europa wieder Fuß zu fassen und mit seiner (zweiten) Frau Vera eine Wohnung in Zürich nahm.

Der kleine, körperlich und geistig drahtige Mann sprühte vor Witz und Ironie, nahm nichts ernst, spielte mit den Worten, den Menschen und mit sich selbst.

Er wußte herrliche jüdische Witze bei der Probenarbeit zu erzählen, herb, spröde, bitter, aber immer voller Geist. Orchestermitglieder mögen die erzählenden Dirigenten weniger, darum machten manche, die seine Erzählungen von früher her kannten, ihre Bemerkungen, die ihm nicht verborgen blieben. Er schlug zurück: „An dieser Stelle pflege ich folgenden Witz zu machen ..."

Jährlich zweimal etwa kam er auch nach der Ära Landesmann nach Wien. Die Proben und Konzerte waren immer sehr ruhig, souverän, ohne Skandal, aber geistig lebendig. Er wußte, was er wie dirigieren sollte. Wie jeder gute Orchesterleiter ließ er sich zunächst bei jedem neuen Stück die Interpretation anbieten, schob nach, korrigierte, unterbrach auch zu einem seiner Scherze.

Ein Meister, einer der Musik, einer des Wortes, getragen von reicher Erfahrung. Zwei Bücher über das Dirigieren, Artikel in amerikanischen Zeitungen zeugen von der ständigen selbstfordernden Auseinandersetzung. Er fand den Weg zurück in seine Heimatstadt und diese konnte ihn nicht genügend würdigen.

Im Konzert vermied er „Faxen" (er dirigierte später meist ohne Taktstock), beschränkte sich auf die notwendige Zeichengebung, die in sportlich-athletischer Ausgeglichenheit erschien, geriet nie ins Schwitzen und Schwärmen, war also mehr ein Dirigententyp vom Stamme Richard Strauss', den er sehr liebte und dessen Suiten aus den Opern „Der Rosenkavalier" und „Die Schweigsame Frau" er – wie verschiedenes andere auch – selbst arrangierte.

Er wollte sich nicht mehr den Herausforderungen einer Karriere stellen, er wollte dort auftreten, wo es ihm Spaß machte und wo ihm von Zürich aus eine bequeme Anreise gestattet war. Dennoch hielt er sich eisern an den einmal festgelegten Ablauf, mehr als die Hälfte des Jahres in New York und später auch Miami zu verbringen. Mit den Symphonikern unternahm er Reisen nach Bologna und durch Österreich, abgesehen von Auftritten im Konzerthaus (Hans Landesmann gelang es immer wieder, ihn von Projekten zu überzeugen). Später – bereits in den neunziger Jahren – nahm er auch meine Einladung nach Stuttgart gern an, der Praktiker schätzte die kurze Entfernung zwischen diesen beiden Orten. Ja mehr noch, es schien so, als hätte dieser praktische Sinn über die kritische Einstellung zur Musik die Oberhand gewonnen. Kaum hatte er nach dem ersten Probentag mit dem RSO Stuttgart das für ihn ausgesuchte Hotel (natürlich gingen Recherchen voraus und über den Hoteldirektor war die gesamte Crew in Alarmstellung – was ja für dieses Hotel spricht) bezogen, kam eine freundliche telefonische Rückmeldung in meinem Büro an, das Orchester sei gut und nach den ersten Erfahrungen mit dem Hotel sogar noch besser geworden. So sehr war auch er von den Reisebelastungen des Berufes abhängig. Dazu mehr im Kapitel Wand.

Er galt als besonders schwierig (die inzwischen vom Leser gemachten Erfahrungen lassen die Frage zu: Gibt es überhaupt unkomplizierte Musiker?), rauhe Schalen verraten immer ein sensibles Innere. Dabei verlangte er jedoch nur das Normale: die Programme sollten einen Sinn haben (auch er gehörte zu den klugen Programmstrategen), die Arbeit sollte ohne Störungen von Außen ablaufen, das Streben nach höchster Qualität kostete ihren Preis. Der Dirigent erwartete vom Orchester volle Konzentration, die Probenzeit war daher kurz, seine Intellektualität ließ ihn immer wieder in theoretische Erklärungen ausweichen, der Lehrmeister brach, je älter er wurde, immer deutlicher in ihm durch. Nach harter Probe kündigte er die Pause für Zigarre und Schnäpschen an (im Stadium unserer Bekanntschaft beschränkte er sich auf die Zigarre, die er dann in den späten Jahren auf Rat der Ärzte mied). Bei den Konzerten trat er nicht im Frack auf. Nach dem Vorbild der Karajanschen Jacken hatte auch er sich etwas Bequemeres und Schickeres schneidern lassen. Souveränität und Lockerheit, fast Sportlichkeit mit freiem Muskelspiel in den Schultern, prägten seinen Dirigierstil. Das leichte Bewegen der Arme, ohne einen Taktstock zu führen, hielt den Rhythmus ohne Verkrampfung, geschürzte Lippen begleiteten besonders intensive Partien.

In Bologna, dem ersten gemeinsamen Konzert mit den Symphonikern, begann er mit den Veranstaltern einen nervenbelastenden, aber berechtigten Krieg, da der Name Erich Leinsdorf auf den Plakaten kleiner gedruckt war als der des Orchesters. Da er nicht die eitlen Star-Allüren mancher Kollegen teilte, der Name des Dirigenten müsse größer sein als der des Komponisten, kann man Verständnis für ihn aufbringen.

Ein Exkurs über die Öffentlichkeitsarbeit für die Chefs drängt sich auf. Jedes Orchester ist besonders glücklich über den Bekanntheitsgrad und den internationalen Wert ihres eigenen Chefs, selbst wenn er nur ein Drittel ihrer Konzerte dirigiert. Jeder Manager, dem Orchester oder einer Veranstalterorganisation angehörig, ist auf „seinen Fang" besonders stolz. Das mündet in ein Plakat mit übergroßen Buchstaben für den Dirigenten (der Interpret eben gibt dem Komponisten mit Hilfe eines Orchesters Gegenwartswert).

Diese Marketing-Einheit „Orchester-Dirigent" lässt sich in vertragliche Formeln binden. So war bei Prêtre vereinbart, bei allen Veröffentlichungen das Orchester immer mit ihm gemeinsam zu benennen. Es brauchte lange, bis dies alle verstanden hatten, von den eigenen Plakaten über die Wiener Veranstalter bis zu den Reisen. Überall stand in gleichgroßen Buchstaben: „Wiener Symphoniker, Erster Gastdirigent Georges Prêtre", auch wenn ein anderer das Orchester dirigierte. (Keine Frage, dass Georges Prêtre nicht unglücklich war, z.B. in Rom auf den Plakaten sich selbst mit Photo und Namen übergroß abgebildet zu sehen! Die cleveren römischen Agenten hatten die riesigen Plakate unserer Fahrt in die Stadt folgend aufgereiht.)

Erich Leinsdorf hatte für diese Eitelkeiten allerdings keinen Sinn, dazu stand er sich selbst zu ironisierend gegenüber, obwohl auch er wie alle Musiker ohne eine Spur Eitelkeit zur Selbsterhaltung nicht auskommen konnte. Er wollte gerechte Einschätzung, faire und korrekte Behandlung (und die waren in Wien, vor allem nach dem Abgang von Hans Landesmann, nicht immer gegeben).

Leinsdorfs besondere Liebe galt der deutschen Sprache, er war ein Meister der Formulierung und deren Umkehr, der Limericks.

Er zitierte vor allem seinen Goethe zeilenlang auswendig und war stolz darauf, in den langen amerikanischen Jahren nichts vergessen zu haben. Er liebte Schumann, meinte aber, man müsse seine Orchestrierung teilweise umschreiben, daher klingen seine Einspielungen dieser Werke zum Teil glatter. Auch von Wagners Opern verfasste er eigene orchestrale Suiten.

Es ist nicht verwunderlich, dass er Schumanns Faust-Szenen als sein Lebenswerk betrachtete, und damit wurde er in den späten Jahren ins Konzerthaus gelockt. Obwohl man seine Besetzungsvorschläge zugesagt hatte, waren leider zu Beginn der Proben nicht alle Versprechen eingelöst. Der für die Faustrolle vorgesehene Brendel sollte erst später kommen. Man quälte sich mit Ersatzsängern, denn gleich zwei Faustdarsteller wurden während der von Leinsdorf mit großem Eifer und Liebe, aber unerbittlich geleiteten Proben verschlissen. Bei der Generalprobe schließlich war die Not groß, Brendel ließ sich nicht sehen, da war wohl der Wunsch Vater des Vertrages gewesen. Um die Aufführung zu retten, musste ein Bariton aus Düsseldorf eingeflogen werden, der diese Probe nicht aussingen konnte, um am nächsten Tag die Aufführung durchstehen zu können. Als dann dieser Faust-Ersatz beim Konzert auch noch einen Riesenschmiss verursachte, war die Empörung, ja der

Zorn des Maestro groß. Seine empfindliche Seele war zutiefst getroffen.

Ich verstand seine Enttäuschung, da wohl absehbar war, dass er dieses seltene und schwierige Stück in diesem Leben nicht wieder dirigieren würde. Aus meinem Mitgefühl versuchte ich, eine Chance für eine Wiederholung mit anderen Veranstaltern an anderen Orten zu schaffen, hatte aber keinen Erfolg.

In den späten Jahren spürte man, dass die Konzerte ihn weniger interessierten als die Proben, das gemeinsame Erarbeiten. Äußerst kunstvoll und intelligent zusammengestellte Programme bewiesen den erfahrenen Meister. Immer wieder blitzte in ihm auch die kritische Einstellung zu seinem Beruf durch, bis schließlich große Überredungskunst ihn ans Pult der Orchester holen musste.

„Ich will nicht mehr den Kaschperl machen!" Dies war sein Résumé eines erfüllten und reichen Dirigentenlebens.

Lovro von Matacic

Er ist der Repräsentant der k.u.k. Kapellmeister. Auch im österreichisch-kroatischen Heer hatte er sich zu Gunsten der Monarchie und später für die Faschisten geschlagen, denn die Kommunisten in Zagreb steckten ihn nach dem Krieg ins Gefängnis, bis ihn Tito mit einem Erlass von der drohenden Todesstrafe befreite. Einige Symphoniker-Freunde sorgten für ihn in den Zeiten der Not und brachten ihm Rasierklingen und Esswaren, wenn sie der berufliche Weg nach Zagreb führte. Dies vergaß er nie und mit den Symphonikern und dem Musikverein verband ihn eine unerschütterliche Freundschaft.

Die große massive Gestalt und sein Schlag ohne Taktstock verführten viele Orchester zu einem groben Klang, die Symphoniker jedoch verstanden ihn und gaben ihm alles. Schon bei den Proben war die Stimmung so kollegial, dass es ihn einmal hinriss zu der Äußerung: „Ach Kinder, mit euch zu proben, das ist ja wie im Kurhaus!"

Dem älteren Dirigenten öffnete sich das Werk Anton Bruckners besonders eindrucksvoll. Er hatte die große Geste, den Atem für die Brucknerschen Bögen, nur die ungeraden Taktzahlen und Taktwechsel lagen ihm weniger, so überließ er sich ganz dem Orchester und dirigierte wie Karl Böhm in seinen letzten Jahren bei Werken neuerer Literatur: klein und unscheinbar. Bei den Philharmonikern soll es mit Böhm deshalb einmal zu einem Disput gekommen sein, als sich ein Bläser beklagte: „Herr Dr., ich sehe Ihre eins nicht!", worauf der raunzige Maestro zurückgab: „Dann schaun's besser hin!" und den Taktstock fast unbewegt hielt. Aber diese Auseinandersetzungen waren bei Matacic und den Symphonikern nicht nötig, da volles Vertrauen auf beiden Seiten herrschte, egal wie er auch gerade schlug.

Lovro von Matacic war ein Lebemann besonderer Klasse. In den Konzertpausen genehmigte er sich mit seiner ihn begleitenden Gattin stets einen Champagner, den er in einer in Japan erworbenen Yukata genoss, so saß er da wie ein asiatischer Buddha.

Die Geschichte von den zwei „Ehefrauen", einer blonden, die ihn von Zagreb aus immer in den habsburgischen Teil der Konzerte begleitete und einer schwarzhaarigen, die mehr im italienisch-mediterranen Bereich wirkte, ist glaubhaft. Man sagt, dass diese zwei von einander wussten, ja mehr noch, dass sie sich in den Brusttaschen seines Fracks Botschaften zukommen ließen. Einmal gab es große Aufregung bei den legitimierten Matacic-Damen. Die Blonde schrieb der Schwarzen: „Achtung, ich habe ein blondes Haar auf der Frackhose entdeckt, als Lovro zuletzt von Rom kam!"

Wenn man heute nach Zagreb kommt, entdeckt man viele Zeichen seines rühmenswerten Tuns, nicht nur das Konservatorium, das seinen Namen trägt. So haben die Kroaten ihren großen Musiker zu Recht im Gedächtnis behalten.

Reisen durch Österreich

Welch Idylle! Da reist ein Wiener Orchester, eine Gruppe von knapp einhundert Musikern, jedes Jahr im Winter durch die verschneite Landschaft, am Hahnenkamm vorbei, von Landeshauptstadt zu Landeshauptstadt, Linz, Salzburg, Graz, Klagenfurt, Bregenz, manchmal Eisenstadt, meist ein Abstecher in die ehemaligen k.u.k. Länder: Zagreb, Laibach. Der Weihnachtsbaum vor dem Wiener Rathaus bringt nach seiner Herkunft als landespolitisches Gegengeschenk ein Konzert in ein Bundesland im folgenden Januar im Rahmen dieser Reise, „Christbaumdankkonzert" genannt.

Keine ungewohnten Probleme belasten Musiker und Management. Ausgeruht nach vier bis sechs Stunden Fahrt im Sonderzug der ÖBB erreicht man sein bekanntes Hotel, man kennt sich, kennt die Stadt, die besten Restaurants, das Publikum. Menschliche Bande, über die Musik gestärkt, halten das kleine Land zusammen.

Instrumente, Fracks und Abendkleider (und auch manch andere Last: in Graz gibt es doch den guten Schilcher-Wein) werden im LKW getrennt transportiert. Unbeschwert ist das Musizieren am Abend, Saal und Publikum sind bekannt, man kann sich ganz auf die eigene Leistung konzentrieren.

Die abgestimmten Bahnreisen bringen dazu eine weitere Harmonie ins Orchester. Gruppen bilden sich nach den Interessen

Schach, Kartenspiel, Lesen, Schlafen oder nur mit den Kollegen schwatzen oder gar einen Streit austragen. Die Zeit der Bahnreisen durch das Land war fast immer Anlass zu Besprechungen zwischen den Orchestervertretern und dem Management. Dreiviertel der Anstellungsbestimmungen wurden auf den Schienen der ÖBB beraten.

Lange Zwischen-Zeiten, von Giulini zu Roshdestwenski und von diesem bis zu Prêtre, spielten die Symphoniker ohne Chef, und ich behaupte, die Konzerte unter vielen Gastdirigenten waren nicht schlechter als zu Zeiten eines bestallten Chefs. Die Qualität der Konzerte war dank der doppelten Achtsamkeit der Musiker nicht zu beanstanden, selbst wenn viele Nörgler glaubten, eine angreifbare Seite gefunden zu haben. Dazu gaben die Gastdirigenten – für ihr Konzert versteht sich – oft mehr, da sie sich von einem kritischen Kollegen, dem Chef, nicht kontrolliert sahen und vielleicht für die Position empfehlen wollten.

Es fehlte jedoch die Langfristigkeit, die in der musikalischen Planung immer eine Rolle spielt, die Perspektive, der bestimmte Stil, die Richtung, das eigene Marktprofil. Da Orchester immer mit ihrem Chef auf wichtige Tourneen gehen, bedeutete die cheflose Zeit für die Symphoniker in Europa und Übersee den Verlust der Marke, Wien im Titel allein konnte dies nicht ausgleichen.

Diese schmerzliche Feststellung berührte einen immer wieder, wenn Anfragen kamen, die Giulini und die Symphoniker betrafen. Doch deren Zeit war vorbei, das Marktbewusstsein hinkte hinterher.

Die Reisen der Wiener Symphoniker durch Österreich jedes Jahr im Januar sind immer wieder und sicher auch heute noch ein Quell zur Erneuerung. Diese Botschafterreise durch das eigene

Land ist immer wieder der rote Faden, gestärkt durch die Wiederkehr gleicher Probleme und Äußerlichkeiten.

Die künstlerischen Leiter dieser verschworenen Gruppe, Wolfgang Sawallisch wie Carlo Maria Giulini, Yuri Ahronovitsch oder Christoph Eschenbach, Gennadi Roshdestwenski und Georges Prêtre nahmen diese Art des „reisenden Konzert-Zirkus" gern an. Dabei war es interessant zu beobachten, wie jeder Dirigent mit anderen Mitteln versuchte, den Gleichlauf für sich zu nützen und künstlerische Höchstleistung zu erreichen, wie jedes Publikum, jeder Saal seine besondere Wirkung auf die Interpretation hatte. Auftakt für den Ausgang des Abends gab dabei die fünfzehnminütige Einspielprobe, 45 Minuten vor Beginn des Konzertes, die eigentlich mehr den Sitzmöglichkeiten und der Aufstellung in den wechselnden Sälen diente, als dem Probenbetrieb. Den ehrgeizigen Maestri gelang es dennoch, in dieser Viertelstunde, den Abend in Erfolg oder Misserfolg zu tauchen.

Gary Bertini

Die erste Bekanntschaft mit Bertini rührt noch von Köln her, wo er kurz nach meinem Weggang (1977) Chefdirigent des KRSO, des Kölner Rundfunk Sinfonie Orchesters wurde.

Zu dieser Zeit war er gerade dabei, sich in Wien einen Namen als Mahler-Interpret zu machen. Diese Programmlinie passte auch dem Musikverein gut. So spielten wir in den Anfangsjahren unter der Leitung von Gary (= Garibaldi, sein Vater war ein Verehrer des italienischen Befreiers) Bertini fast nur Mahler. Alle diese Aufführungen glänzten durch ein konsequentes Konzept, das kühl und effektvoll, aber auch voller emotionaler Ausbrüche durchgezogen wurde. Der schmale, drahtige Bertini war immer hervorragend vorbereitet, verstand, sich klar zu äußern, schlug perfekt. Zum Gegenbeweis eventuell zu unterstellender Kühle legte er ab und zu bei Höhepunkten Sprünge auf dem Podium ein. Die Einspielungen der Sinfonien Gustav Mahlers mit dem KRSO für die EMI sind sehr zu empfehlen.

Im Zuge der weiteren Zusammenarbeit mit den Symphonikern folgten auch Stücke von Strawinsky und die „Phantastische" von Berlioz, die wir im Anschluss an eine Österreichreise in Zagreb auch erstmals mit echten Glocken aufführten.

Pech hatten beide, Dirigent und Orchester, mit einer Einladung zum Mahlerfest nach Düsseldorf. Es sollte die Siebente sein, die in der authentischen Wiedergabe eines Wiener Orchesters unter der Leitung eines anerkannten Mahler-Interpreten zur Komplettierung der Reihe führen sollte. Das Orchester reiste am Vormittag per Flugzeug an, es gab eine Saalprobe im Rund des originellen Konzertsaales, aber das Konzert überzeugte nicht. Es fehlte an Dichte der Interpretation, an Konzentration, an dem Zwingenden des sinfonischen Ablaufes, der bei der Siebenten durch die diffuse Satzfolge ohnehin schwer einzuhalten ist. Und es gab hörbare Patzer im Blech.

Der Sparwille, alles an einem Tag machen zu wollen, eine Übernachtung und das Tagegeld einsparen zu wollen, erwies uns einen schlechten Dienst. Auch Spitzenorchester haben unter solchen Voraussetzungen ihre schlechten Tage.

Bertinis Karriere war belastet durch seine einseitige Liebe zur Oper. In Frankfurt, Paris und auch Tel Aviv blieb der eigentlich große Erfolg für den Operndirigenten Bertini aus. Die Oper in Rom erlebte ihn noch im Jahr 1999 als Titelträger eines „Direttore musicale", aber schon vor Beginn seiner Spielzeit warf er das Handtuch.

Horst Stein

Lange Zeit war Horst Stein der „diensthabende" Kapellmeister der Wiener Staatsoper. Große Erfahrung vor allem im deutschen Repertoire, begründet als GMD in Mannheim und Wagner-Spezialist in Bayreuth, zeichnen ihn aus.

Wie jeder Dirigent, der im Operngraben steht, wollte auch er gern „nach oben" aufs Konzertpodium. Was jedoch einen Operndirigenten auszeichnet, muss nicht unbedingt die Qualifikation für einen symphonischen Dirigenten auf dem Podium bedeuten. Karajan, Kleiber oder Harnoncourt sind da die Ausnahme, obwohl man jedem jungen Musiker raten sollte, zunächst die bekannte Ochsentour durch die Opernhäuser anzustreben.

Klarer Schlag, Flexibilität, Geistesgegenwart, Mut zum Eingreifen, also kühle Überlegenheit, notwendige Tugenden im Operngraben, genügen allein noch nicht, um Atmosphäre im Konzertsaal zu erzeugen. Hier ist die Ausstrahlung, das Charisma, gefragt (die aus dem Operngraben mitunter schwer zu erkennen sind).

Eine Konzertreise mit Horst Stein war eigentlich nur in Deutschland denkbar. Tatsächlich boten Städte wie Hamburg, Hannover, Mannheim einen Auftritt an. Das Programm war „streng deutsch" nach Auffassung von Peter Weiser, dem Konzerthaus-General: „Schuberts Neunte, vorher „Till", Zugabe die Schlummerrolle!" (Schuberts „Rosamunde").

Der sichere und immer gern ein lockeres Wort austeilende Stein zeigte bei der Tournee durch „sein Land" erstaunlicherweise Nerven. In Mannheim, seiner ehemaligen musikalischen Heimat, war er kurz vor dem Zusammenbruch: „So ein Sch… Beruf!" hörte man ihn in seinem Dirigentenzimmer schreien.

Die Wiener Symphoniker in Auflösung

Pierre Boulez' Drohung von der Opernbombe auf das Orchester übertragen, die feine, harmonische und jahrhundertealte Tradition zerschlagen, doch jeder einzelne Musiker wie ein Mosaiksteinchen neu eingebaut in ein Programm, aufgebaut in einem Saal, der an einem ganzen Tag alle Türen seines Hauses öffnet:

DAS IST EIN SYMPHONIKERTAG.

Der erste Anlass nach dem „Jubiläum" im Herbst 1980 bot sich zunächst im Rahmen der Jubiläumskonzerte im Wiener Musikverein, vorher (Januar 1980) noch idealer im neuen Haus in Bregenz, wo ein österreichisches Orchester nicht nur Musik, sondern in vielen Arten seiner vielseitigen Begabung spielte. Da zeigten sich die bisher unbekannten Talente zum Erstaunen des Publikums und der eigenen Kollegen in Soloaufführungen, Kammermusiken, Lehrvorträgen, Instrumentenvorführungen. Und nicht nur die musikalischen Begabungen durften sich produzieren, auch die Instrumenten- und Uhrensammler, die Eisenbahnfans erhielten im Januar und Oktober 1980 ihr Podium.

Es folgten weitere „Volkstage" dieser Art in Wien später im Konzerthaus, ebenfalls unter dem Motto „Hinter den Kulissen" und „In allen Spielarten". Auch hier folgten Publikumsmassen dem Ruf der Symphoniker.

Ein Angebot dieser Art reizte auch die Veranstalter außerhalb Österreichs. Köln, Buenos Aires und Bologna empfahlen sich als Spielorte. Dabei wirkte jede Stadt mit dem ihr Eigenen mit: In Köln z.B. war das Wallraf-Richartz-Museum der neuen Philharmonie angeschlossen. Wenn das Schlagzeug unter den zeitgenössischen Malern, Kirchenmusik unter gotischen Kirchenaltären sich formierte, verdoppelten sich zwei sensitive Eindrücke, ein jeder vertiefte den anderen, passend zueinander.

Buenos Aires lieferte den Anlass innerhalb der Tournee, die Gennadi Roshdestwenski leitete. Eine breite Schlange Musikinteressierter „wickelte" sich um den Komplex des Musiksaales, um Zugang zu den kostenlosen Konzerten der Ensembles zu finden. Bologna schließlich lieferte das mittelalterliche Stadtbild, um das Programm mit einem geschlossenen Wunschkonzert zu beenden. Mit persönlicher Abstimmung (Stimmzettel wurden vor dem Konzert verteilt, eingesammelt und während des festgelegten ersten Teils ausgezählt) hatte das Publikum unter einigen im Repertoire befindlichen Sinfonien Beethovens, Mozarts und Haydns aussuchen können. Dabei kam nicht immer ein „Wunschkonzert-Programm", sprich das Übliche, heraus. Beim ersten noch unerfahrenen Versuch in Bregenz zitterten wir alle (einschließlich des Dirigenten Sawallisch) der Auswahl entgegen. Der Publikumsentscheid fiel auf Strawinskys Feuervogel (der natürlich im Reisegepäck und an anderem Ort schon einmal gespielt war). Das spontane Wunschkonzert: Ein herrliches, unorthodoxes, dennoch nicht ganz ungefährliches Spiel!

Nur die Japaner hatten absolut keine Vorstellungskraft, was man mit dieser Art von Mammutveranstaltung gewinnen kann. Ich hatte Mister Saji, dem großen Boss der gerade gebauten Suntory-Hall, zur Eröffnung in Tokio eine solche Veranstaltung vorgeschlagen. Ihn störte nicht nur die Phantasie, sondern auch der Gedanke, dass die Massen des Publikums achtlos über seine neuen Teppiche laufen würden, seinen mystisch-hehren Spielort zertrampeln und entweihen würden. Für die Tokioter wurde darum die Suntory-Hall traditionell, stocksteif, teuer und exklusiv mit Karajan, den Berlinern und den besten westlichen Orchestern eröffnet.

Sergiu Celibidache

Ein Telefonat, ich stotterte mein Sprüchlein.
„Was? – Wien? – Ich hasse das Wiener Publikum!",
und damit ist dieses Kapitel (leider) schon beendet.
Um bei kurzen Auftritten zu bleiben, folgt gleich das Kapitel ...

Carlos Kleiber

Ein Telefonat, ich komme nicht einmal zu Wort.
„Wer hat Ihnen meine Telefonnummer gegeben? Die dürfen Sie gar nicht haben …!",
tüt, tüt, tüt …

Gerd Albrecht

Im Sport gewann der Athlet Gerd Albrecht eine Mittelstrecke, in der Musik holte er mit unerschöpflicher Energie viele Werke aus der Versenkung.

Die Programme seiner Konzerte sprühten vor Originalität. Seine rednerische Begabung erschloss ihm das Repertoire der Gesprächskonzerte, so kam er bei „Kindern und Kennern" als der Erzieher, der Erklärende, der Musikpädagoge auch in Wien schnell an. Das ständig programmverlegene Fernsehen interessierte dieses Genre besonders. So ist die Entstehung der Symphonikerreihe der Gesprächskonzerte hauptsächlich ihm zu verdanken. Denkwürdige und für Wien völlig neue Konzertformen mit Richard Strauss' „Till Eulenspiegel" oder „Ma mère l'oye" von Maurice Ravel öffneten die Ohren eines ohnehin schon Musik liebenden Publikums und haben bis heute jungen Menschen Zugang zur Musik und zur Phantasie verschafft.

Bücher und Schallplatten erweiterten Albrechts Bekanntheitsrang… und dennoch, über eine bestimmte Linie kam der auch anfangs von Karajan Geförderte nicht hinaus, seine Beliebtheit bei Publikum und Orchestermusikern hielt sich im normalen Konzertleben in Grenzen. Wahrscheinlich trübt auch in heutigen Zeiten die allzu berlinerische Tonart, die als Arroganz empfundene schnoddrige Ausdrucksweise eine ungeteilte Aufnahme in Wiener Herzen.

Albrechts erste große Berufung, die an das Züricher Tonhalle-Orchester, endete mit Abbruch und Skandal. Die Wiener Symphoniker brachten dann den gerade Entlassenen wieder in die Schweiz zurück: Eine Tour mit der Solistin Miriam Fried, die Brahms' Violinkonzert spielte, und Prokofiews „Romeo und Julia" in Albrechts dramaturgisch zwingender Abfolge, die dem Berner und Züricher Publikum bewies, wen die bösen Musiker des Tonhalle-Orchesters da hatten gehen lassen.

„Sagen Sie zunächst was Nettes!", rief ich ihm jedesmal leise quer über das Orchester zu, wenn er zur Sitzprobe, der „Generalabrechnung" mit dem Konzert vom Vorabend, das Podium betrat.

An der Hamburger Oper übernahm er gemeinsam mit Peter Ruzicka das schwere Erbe Dohnanyis, öfter vernahm man ein Knirschen und Beben, aber die Vertragszeit wurde vollendet, Albrecht und Ruzicka können sich rühmen, in ihrer Zeit Hamburg zum besten Opernhaus Deutschlands gemacht zu haben.

Letzte Episode seiner europäischen Biografie sind die Prager Philharmoniker, die ihn nach der Öffnung beriefen. Mit viel Engagement und auch Opferbereitschaft ging Albrecht die Aufgabe an, dann wurde er „herausintrigiert", plötzlich waren Nationalstolz und der Tscheche Jiri Belohlavek gefragt.

Seine didaktische Gabe blieb ihm im Alter erhalten, ja schien sich zu verstärken. Nach Veröffentlichungen in Buch und CD gründete er die klingenden Museen in Berlin und Hamburg. Diese bleibenden Denkmäler zeigen manchem Musikpädagogen einen lebendigen und fesselnden Weg der Musikerziehung und künden von der außergewöhnlichen Begabung des früh Verstorbenen.

Eugen Jochum

Der große alte Mann unter den Dirigenten in Wien führte seine Abstammung auf eine Musikerfamilie aus Augsburg zurück. Da dort auch Mozarts Vater geboren war, bereitete ihm der Gedanke, seine Organisten-Vorfahren könnten mit Mozart-Ahnen zusammen musiziert haben, besonderes Vergnügen. Dies machte er auch häufig und gern zum Gegenstand seiner Vorträge, die er in den Pausen seiner Konzerte hielt. Seine Frau – auch sie gehört wegen ihres praktischen Sinns zu den Dirigenten-Gattinnen, die unsere Achtung verdienen – führte dabei das Umkleidungszeremoniell. Der hochwüchsige, fast schlacksige Maestro stand – in seiner Sprache – „wie ihn der Herrgott erschaffen hatte" (dazu bei Bruckner-Sinfonien häufiger an sakralem Ort, in den von Klöstern und Kirchen freigemachten Sakristeien) in der Mitte einer Runde von Freunden und Bewunderern und wurde von der Gattin abgetrocknet. Er hatte sich zu drehen, wie das von ihr geführte Handtuch es gerade verlangte. Dabei ließ er seinem Erzähl- und Dozier-Talent freien Lauf. Das führte häufiger zu Konflikten mit seiner Treuergebenen, die ihn, wenn er mal gerade wieder allzu feurig in seiner Gestik ausuferte, zur Ordnung rief, da der zu trocknende Körperteil und die Rederichtung mit Armbewegung nicht in Harmonie zu bringen waren. „Eugen, die Pause ist gleich zu Ende!"

Er trug noch die Unterhosen-Hemden, die er sich extra schneidern ließ, eine Art Body mit dem Oberteil aus Netzwerk, in die er mit einem großen Schritt einsteigen musste, dann wurden die Arme eingefädelt und der obere verbleibende Rest des Netz-Hemdes über die Schultern gestülpt. Das neue steife weiße Hemd ließ die langen Beine hervorkommen, auch in die Hosen mit den uralten, geknöpften Hosenträgern stieg er, nachdem die Henkel der „Einkaufstasche" links und rechts herab gebogen wurden, umständlich ein. Dazu die einfache, unverfängliche und hochinteressante Erzählweise des Maestro gepaart mit dem heiligen Ort. Für Komik-Bewußte gab es eine Menge zu schmunzeln.

Später dann, als Frau Jochum krankheitsbedingt diesen Dienst nicht mehr versehen konnte, sprang Sekretär Schacke ein, der später eine erfolgreiche Konzertagentur gründete. Als er einmal unabkömmlich war, bei einer Tour, die mit Bruckners „Siebenter" und den „Liedern eines fahrenden Gesellen" mit dem Solisten Hermann Prey unter anderem nach Villach führte, wurde ich selbst in dieses heilige Amt eingeführt. Ich bekenne: Das Wecken zum Frühstück per Hoteltelefon, das gemeinsame Frühstück, vorher noch die Versorgung der Schnürsenkel, die der Meister nicht mehr erreichte, die Autofahrt zum nächsten Spielort, das Mittagessen, die Siesta des Maestro, der Spaziergang vor der Probe, das Ankleiden vor dem Konzert und der Konzertpausendienst, alles dies unter Tourstress, aber durch die fröhliche Gelassenheit Jochums entspannt, gehören für mich zu den schönsten Erinnerungen.

Bei seinen letzten Einladungen im Musikverein leitete er alle Londoner Sinfonien von Haydn in drei Zyklus-Konzerten und leistete damit Haydns Werk, das in sinfonischen Programmen meist zur Einleitung und zum Einstimmen des Publikums missbraucht wird, unschätzbare Dienste, konnte man doch endlich die Sinfonien anhören und ihren wahren Wert erkennen, ohne dass sie von lauteren, perfekteren und bekannteren Stücken „übertönt" und degradiert wurden.

Eugen Jochum ließ sich die Partituren in vergrößerten Ausgaben, die über die Pultbreite ragten, neu anfertigen. Seine Augen ließen nach. Peinlich war es einmal, als er im letzten Satz die Orientierung verloren hatte, in der Partitur blätterte, dabei mit der anderen Hand dirigierte. Ehe er sich versah, hatte das Orchester das Finale der Sinfonie erreicht, er konnte gerade noch erleichtert die Partitur zuklappen und lächelnd den Applaus entgegennehmen und ans Orchester weitergeben.

Eugen Jochum war es auch, der etwa vierzig Jahre vor den obigen Ereignissen in Hamburg das Talent des jungen Christoph Eschenbach erkannte und zur Förderung empfahl.

Christoph Eschenbach

Er kam als Geheimtipp nach Wien. Peter Weiser, der Konzerthaus-General, wollte dem dirigierenden Pianisten im Konzerthaus erstmals für Wien eine Chance geben, die Symphoniker wollten diesen Eindruck durch eine (ungefährliche) Tournee verstärken und wählten die diplomatischen Pflichten in Rumänien für drei Konzerte mit ihm. Schuberts dritte Sinfonie, ein Klavierkonzert von Mozart und die Erste von Brahms waren das selbstverständliche Programm. Ein Auftritt in Siebenbürgen wurde uns nicht gewährt, man bot Arad, Temesvár und Bukarest. Der kulturpolitische Sinn einer (teuren) Orchesterreise in die Oststaaten wurde oft bestritten. Für Österreich jedoch konnte der Auftritt eines unbedenklichen Trägers der Kultur Spannungen abbauen und tatsächlich den Auftrag der Musik nach Harmonie erfüllen. Die äußeren Umstände für die Bevölkerung in Rumänien konnten von uns nicht bewertet werden. Die Menschen, mit denen wir in Kontakt kamen, waren nicht alle durch das Politbüro sanktioniert. Wie konnte man aber wissen, wer in die Konzerte delegiert wurde? Also konzentrieren wir uns auf den Dirigenten und Solisten, der vielversprechend die Proben noch in Wien begann. Rainer Bischof, Assistent im Konzerthaus und später mein Nachfolger als Generalsekretär der Symphoniker, brachte Eschenbach vom Flughafen in den Probensaal.

Eschenbach hob – noch ein wenig ungeschickt, wie wir meinten – den Taktstock, und der begeisternde Beginn der ersten Sinfonie von Brahms riss uns, die wir meist nur den Dirigentenauftritt begleiteten, um uns dann den Geschäften im Büro zuzuwenden, mit Gewalt in den musikalischen Strudel. Ich entdeckte – selbst ergriffen – in den Augen von Bischof Rührung, und für uns war klar: Das Versprechen Eschenbach begann sich einzulösen. Dieses Feuer, mit dem Eschenbach das Orchester durch die Sinfonie trieb, begeisterte auch die Musiker bis zum letzten Konzert. Der feine Musiker Eschenbach bewies sich auch im vorhergehenden Klavierkonzert, legte zudem musikantische Eigeninitiaven der Symphoniker frei. Die Mitglieder des Orchesters gewinnen bei einem solchen Solistenkonzert ohne Dirigent an Bedeutung, das Concertare zwingt ihnen Aufeinander-Hören und Eigeneinsatz ab.

Dies beflügelte beide Seiten. Eschenbach entpuppte sich in jeder Form als sensibler Musiker, die Symphoniker schätzten seinen Einsatz, sein Musikantentum und seine Frische. Ein echtes, begeisterndes Konzertieren stellte sich ein. Die Doppelbelastung als Solist und Dirigent machte Eschenbach nichts aus. Die tägliche Klavierübung nehme eine Stunde in Anspruch, erfuhr ich von ihm. In Arad wurde uns im Kinosaal das Probenklavier zugesagt. Wir hatten das Ende der Kinovorstellung zu erwarten, eine Menge strömte uns entgegen, wir drängten uns in der verbrauchten Luft vor zu dem schwarzen Kasten, der sich als ein verstimmter Blüthner-Flügel erwies. Über die Holprigkeiten des Instrumentes hinaus übte Christoph Eschenbach dann doch die nächsten Stunden bis zum Beginn der Einspielprobe unverdrossen.

Und so hielten wir es dann einige Jahre nicht nur in Wien, sondern auf vielen Reisen. Der Solist Eschenbach vertraute dem

Orchester etwa bis zum zweiten Konzert von Beethoven (wie er einmal sagte). Zweimal waren die Symphoniker mit Christoph Eschenbach in Japan, einmal in Nordamerika, eine Österreich-Reise leitete er sofort nach der ersten Begegnung mit der Solistin Elisabeth Leonskaja (Chopin zweites Konzert), später dann eine mit dem Solisten Justus Frantz (der unbedingt Brahms' zweites Klavierkonzert spielen wollte).

Immer „brannte" er und ersetzte dabei die anfängliche dirigentische Schlichtheit und Unbehauenheit durch sein sichtliches „Brennen" (begeisterte Ausdrucksweise des damaligen Vorstandes Prof. Wegricht), das sein von der Seite gekämmtes Haar aufrührte (und den Ansatz der heute bekannten Glatze freimachte) sowie den Kopf rot glühen ließ. Die Musiker folgten ihm willig, die Kritik jedoch war zurückhaltend. Dies führte später zu einer Verstimmung zwischen Eschenbach und Wien, da er niemals bei den Rezensenten die Zustimmung erhielt, die ihm Orchester und Publikum gewährten.

Am Anfang der ersten Japantour 1982, von der traditionsbewussten japanischen Agentur Kajimoto durchgeführt und vom alten Herrn Kajimoto persönlich geleitet (war doch Eschenbach schon als Pianist durch ihn in Japan vertreten), waren einleitende Konzerte in Hongkong vorgesehen. Bei den Vorbereitungsproben am zweiten Reisetag erreichte uns die Nachricht von dem Unfall seines Duo-Kollegen Justus Frantz in China, man wußte nicht, ob er je wieder gehen oder gar Klavier spielen können würde.

In der alten Konzerthalle – wir sahen das ehrgeizige und später oft bewunderte Kulturzentrum noch als Baustelle –, der Cityhall, waren drei Konzerte vorgesehen. Im Programmangebot befand sich Bruckners „Siebente Sinfonie", die sicherlich zum erstenmal in Hongkong aufgeführt wurde und auf leichtes Unverständnis bei dem chinesischen Publikum stieß, dennoch in Radio Hongkong mit chinesischer Moderatorin live übertragen wurde. Als Solistin im vorherigen Programm akzeptierten wir eine heimische, die Tochter eines bekannten Arztes, die in New York ihre Ausbildung genossen hatte. Dieser dankte dem Orchester mit einer großzügigen Einladung zum Essen. Dazu wurden wir in privaten Limousinen in einen Club geholt, meine erste Fahrt in einem Rolls Royce. An großen runden Tischen begann ein echt chinesisches Essen mit vielen Gängen, das in der Erinnerung nach zwanzig Jahren noch unübertroffen ist und nur durch den blamablen Umgang mit den Stäbchen getrübt wird. Musiker haben bei solcher Behandlung viel Sitzfleisch, so musste der Gastgeber am Ende freundlich darauf aufmerksam machen, dass die Autos für die Rückfahrt warten würden.

In Japan begann unser Auftritt im Süden, sodass wir mit der Kirschblüte nach Norden wanderten. Reisen in Japan ist ein präziser Genuss und für jeden Manager eine Erholung. Pünktlichkeit, Zuverlässigkeit, Sauberkeit erfreuen jeden geplagten und unter Stress stehenden Musiker. Dazu kommen die Qualität der Reisemittel und die Luxusklasse der Hotels. Schon am Flughafen warten dienstbare Geister auf die Koffer, die direkt zum Hotel gebracht werden, finden sich die Busse mit einer deutschen Beschriftung. Die Fahrer mit weißen Handschuhen überschlagen sich in Höflichkeit, sie werden assistiert von uniformierten jungen Damen, beide gemeinsam machen dann vor der jeweiligen Abfahrt im Bus ihre wohlharmonisierte Verbeugung vor den leicht amüsierten westlichen Musikern.

Reisen auf Tokios Straßen dagegen ist wegen des stockenden Verkehrs sehr zeitaufwendig. Am besten, man nähme die U-Bahn, doch die bestehenden Schwierigkeiten, die Gruppe zusammenzuhalten, um gemeinsam am richtigen Ort anzukommen, veranlassen die Vorsichtigen, immer wieder auf den Bus zurückzugreifen. Mit drei Stunden Fahrtzeit und zwei Stunden für das Konzert bleibt innerhalb des gesetzten Fünfstundenrahmens keine Zeit für eine Einspielprobe, es sei denn, man kalkuliert sie als Überdienst. Aber wer hat schon – trotz der guten Honorare – für jedes Konzert 80.000 Schilling (= ca. DM 11.000) extra in der Kalkulation? Gewissensqualen zwischen der gewollten Qualität, die Proben verlangt, und dem vom Kuratorium geforderten Ertrag befallen den Verantwortungsbewussten. Da gab es schon häufiger harte Diskussionen, die mir zutiefst zuwider waren, um zehn Minuten. Dennoch kann ich für mich behaupten, dass meine Entscheidungen meist zugunsten der Musik ausfielen.

Durch vorzeitiges und flexibles Organisieren lässt sich manchmal auch ein Engpass dieser Art umgehen. Es war in Nagoya. Wir reisten mit dem Shinkansen von Tokio an und gerieten im Rahmen dieses Reisedienstes wegen zehn Minuten an den Rand des Überdienstes. Diese gefährlichen Überminuten bei der Rückreise des Busses nach dem Konzert zum Bahnhof wieder hereinzuholen, war mein Bestreben. Doch es war dem Tourmanager nicht verständlich zu machen, dass ich die Abfahrt nach hinten verschieben wollte. Die im Reisebüchlein angegebenen Zeiten, Monate vor dem Abflug übermittelt, wurden selten korrigiert, sie galten als gedrucktes Heiligtum. Dem Orchester wurde nach dem Konzert die neue Abfahrtszeit angegeben, ich hielt die Busfahrer bei der Abfahrt zum Zorn des Tourmanagers einfach auf.

Wir erreichten den Zug und widmeten uns im Speisewagen dem finanziellen Direktor der Agentur, der nicht sehr beliebt war, weil er alle Wünsche, die Geld kosteten, mit breitem asiatischem Lächeln ablehnte. Eschenbach und ich hatten uns spitzbübisch verständigt, ein Sake nach dem anderen floss. Schon nach der zweiten (kleinen) Flasche zeigte sich die Wirkung: Mr. Yabuta wurde sehr fröhlich und gar nicht mehr so abweisend wie früher. Schließlich gar mussten wir bei der Ankunft den dicklichen Typ an den Henkeln seinem Chauffeur übergeben. „Europäische Leber besiegt die Asiatische", – tatsächlich vertragen die Europäer mehr als die Asiaten. Kluge begrenzen diese biologische Feststellung auf den Alkohol.

Hamamatsu bedeutet immer einen Absteiger bei Yamaha, der Instrumentenfabrik im riesigen Konzern, der auch technische Geräte und Motorräder baut und deren Verantwortliche den Wert der westlichen Besuche schnell erkannt hatten. Es geht die Geschichte von einem Solotrompeter der Philharmoniker herum. Einige Mitarbeiter von Yamaha waren nach Wien gekommen, um seine Trompete anzuschauen, die besonders durch ihren weichen, seidenen Klang auffiel. Sie wurde betrachtet, viele Male gedreht, fotografiert, vermessen. Kurz darauf kamen die Wiener Philharmoniker nach Japan und der Trompeter wurde nach Hamamatsu eingeladen, um die Kopie seines Instrumentes zu begutachten. Ein blitzendes technisches Gebilde wurde ihm stolz gereicht, die Weichheit des Klanges fehlte jedoch, der Klangvergleich fiel nicht zugunsten des „geklonten" Instrumentes aus. Verlegen baten die Japaner, ob sie ein Stückchen seines Instrumentes abbrechen dürften, um die Metallmischung zu prüfen. Das exakte Ergebnis erstaunte Wiener wie Japaner: Es war der Schmutz, der traditionelle Musikvereinsstaub, der die Trompete „philharmonikerreif" machte.

In Tokio war Eschenbach der gefeierte Star. Vor und nach den Konzerten bildeten sich Schlangen vor seinem Dirigentenzimmer im Bunka Kaikan (die Musiker-Garderoben waren ebenso bunkerhaft wie das Wort Bunka = Saal klingt). „Mistell Eskenbak" schrieb allen gackernden japanischen jungen Mädchen nette Worte ins Programmheft. Ein Fan meinte es besonders gut, er meinte nach Worten suchend „You were so wonderful, so so ... elegant!" Seit dieser Zeit finde ich den Dirigenten Eschenbach ebenfalls sehr elegant.

Der Direktor einer bedeutenden Bank hatte Eschenbach eingeladen, um sein Haus und sein Klavier einzuweihen. Die große Finanz-Welt Japans fand sich in dem riesigen Haus mit schönem Park ein. Ein geteiltes Wohnzimmer, rechts japanische spärliche Möblierung mit Blick auf einen japanischen Garten, links ein europäisch eingerichtetes Zimmer mit dem Klavier und mit Blick auf einen europäischen Park. Nach einigen offiziellen Worten des Hausherrn in schlecht verständlichem Englisch folgte die Erwiderung des Künstlers und sein „Kurzkonzert": Mozarts Variationen über „Ah, je dirai-vous maman" (was bei uns der Melodie des Weihnachtsliedes „Morgen kommt der Weihnachtsmann" entspricht).

Die Botschafter der Musik benötigen die ständige Unterstützung der „offiziellen" Diplomaten. Jede Reise geschieht in Abstimmung mit dem Außenministerium; Sprachprobleme, Krankheitsfälle, schwierige Einreisebedingungen, Verlust von Instrumenten oder Pässen sind abzusichern. Jeder Botschafter schmückt sich dazu gern mit den Künstlern seines Landes. Auch in Tokio gab es eine offizielle Einladung des Botschafters. Eine Delegation, bestehend aus den Vorständen und dem Maestro, sollte in zwei Taxis zur Botschaft gebracht werden. Man muss wissen, dass in Japan die Taxifahrer äußerst korrekt, aber überfordert sind. Die Straßen in der Millionenstadt sind schwer zu finden, die Häuser sind nach dem Baujahr nummeriert, die Sprachschwierigkeiten in der Regel trotz aller Bemühungen groß. Das eine Taxi kam gut an, der zweite Taxifahrer hatte dagegen seine Schwierigkeiten und wollte uns an einem uns nicht genehmen Ort, der Australischen Botschaft, abladen. So mussten wir gestikulieren:

„Not Australia, – Austria! Not Kangurus, Vienna Boys Choir!" Die Suppe war schon kalt, als wir ankamen.

Ein Orchester wie die Wiener Symphoniker sollte alle zwei/drei Jahre in Japan auftreten, um in Erinnerung zu bleiben. Darum wird schon während des laufenden Gastspiels die nächste Tour verhandelt. Dabei erweisen sich die japanischen Kaufleute als äußerst hart. Die Konkurrenz ist groß, es gibt keine übergeordnete Vereinigung wie etwa bei uns der Verband der Konzertagenten, die künstlerische Unternehmungen koordiniert. Wir zählten in den drei Monaten unserer Saison einundzwanzig westliche Orchester, die zu allen Tageszeiten in den damals noch wenigen Sälen Tokios, in der Festivalhall in Osaka und in Orten wie Kagoshima, Fukuoka, Nagoya, Hitachi spielten. In den letzten Tagen des Jahres kann man täglich dreimal die Neunte von Beethoven – und dies in zum Teil exemplarischen Aufführungen, vor allem, was die Leistung der Chöre angeht, – erleben.

Aber Härte gegen Härte. Die Wiener Symphoniker hatten einen guten Namen und ließen sich gut verkaufen. So scheute ich mich nicht, mit anderen Agenturen Kontakt aufzunehmen. Größten Wert legen die Japaner auf den Dirigenten, er zieht mehr als der Name des Orchesters (das haben die Berliner Philharmoniker auch in den USA gemerkt, als sie statt mit Karajan mit Ozawa gastierten). Man erlebt das Wunder, dass Dirigentennamen genannt werden, die bei uns kaum einen Marktwert haben. Wir jedoch sprachen von Sawallisch oder Eschenbach. Schließlich wurden wir für Oktober 1986 mit einem anderen Agenten handelseinig, der ein besseres Einspielergebnis versprach.

1982, ein Jahr der großen Reisen mit Eschenbach. Ausgerechnet für das gleiche Jahr ergab sich eine weitere Übersee-Reise in die Vereinigten Staaten. Wieder sollte Christoph Eschenbach dirigieren, nachdem Wolfgang Sawallisch verhindert war.

Die erste Sinfonie von Mahler war als Schlussstück gewählt. Hier erbrachten die Symphoniker und Eschenbach wahre Wunder und das größte glücklicherweise in der Carnegie Hall in New York. Columbia Artist, wieder der Organisator, bestellte das Hotel Wellington. In Jahren zuvor hatte das Orchester schlechte Erfahrungen mit diesem Hotel gemacht, die Zimmer waren klein, dunkel und ungepflegt. Das Gebäude gehörte abgerissen. So meldeten wir unseren Protest an, worauf als Antwort der Hinweis kam, man habe alles renoviert. Während der Reise – die Chronologie begann sinnvollerweise in der Provinz – („die Kurve" einer Orchesterreise will wohl überlegt sein!), brüsteten sich die Agenten mit Recht über die Qualität der Vier-Stern- bis Luxus-Hotels, sodass wir immer skeptischer auf den Schlusspunkt warteten. Dieser war dann auch erwartungsgemäß. Nur die ersten zwei Stockwerke des Hotel Wellington zeigten sich renoviert, der Rest der achtzig Einzelzimmer waren die bekannten Löcher. Glanz und Elend einer Reise.

Dennoch wurde das Konzert in New York ein Höhepunkt – und das vor Leonard Bernstein, der zu Ehren Eschenbachs kam, und einem elitären Publikum.

Danach gab es im Kontakt mit Eschenbach einen Bruch. Mit dem Kammerorchester in Wien wollte er einige Klavierkonzerte Mozarts produzieren und fiel damit bei der Kritik endgültig durch. Man hatte ihn nie so gemocht und die Affinität der Symphoniker zu ihm nie verstanden. Dabei befand er sich auf dem Wege, als Chef eingeladen zu werden. Der Einbruch in Wien mit dem Kammerorchester war nicht ganz unverschuldet, die Serie litt unter mangelnder Vorbereitung.

Eschenbachs Verpflichtung als Orchesterchef nach Houston machte offensichtlich weitere Kräfte frei und brachte ihm wieder einen gewaltigen Karriere-Sprung. Seine Position in Hamburg schließlich, als Chef des NDR-Orchesters und Nachfolger Günter Wands, erfüllt seine lange gehegten Träume, fühlt er sich doch wie in keiner deutschen Stadt in Hamburg zu Hause.

Aber Eschenbach stürmt weiter die Karriereleiter hinauf. Im Jahre 2001 übernahm er von Sawallisch das Philadelphia Orchestra, heute ist er Chef beim National Symphony Orchestra in Washington und hält damit neben Mazur, Sawallisch und Dohnanyi die Bastion der deutschen Dirigenten in den USA.

Christoph von Dohnanyi

Er war einmal der jüngste GMD in Deutschland; Lübeck, Kassel, Frankfurt waren seine ersten Stationen. Danach begann er (teilweise auch überlappend mit seinen Tätigkeiten in Kassel und Frankfurt) als Chef des Rundfunk-Sinfonieorchesters in Köln (KRSO), hielt es aber dort nicht lange aus, da die Arroganzen der zur Harmonie verpflichteten Parteien allzu direkt aufeinander stießen. Dies kümmerte die Karriere des als kühl bekannten wenig, sein Weg über Hamburg nach Cleveland war zielbewusst und folgerichtig.

Während die Juristen seiner Familie (sein Vater wurde Opfer des 20. Juli, sein Bruder war der anerkannte Bürgermeister Hamburgs und Bundesminister) den Namen auf der zweiten Silbe betonen (also Dochnánji), bekennen sich die Musiker der Familie (Großvater Ernö, Pianist und Komponist, und Enkel Christoph) zu ihrem ungarischen Ursprung und betonen die erste Silbe (also Dóchnanji).

So widerwillig er diese ungarische Herkunft betrachtet hat, bescherte sie Christoph doch die Vollblut-Musikalität seines Großvaters, die man in diesem intellektuellen, zunächst abweisenden, arrogant wirkenden und leicht verletzlichen Typ eigentlich nicht unbedingt vermuten würde.

Bei Christoph von Dohnanyi konnte man Proben erleben, die wie im Lehrbuch abliefen. Zunächst nahm er das erste Durchspielen eines Stückes ohne Unterbrechung an. Dabei galt es festzustellen, welche Auffassung sich beim Orchester eingeprägt hatte, welche technischen Teile intensiver geprobt, welche übergangen werden konnten. Die leicht amüsant- beleidigende Frage, mit wem man dieses Werk zuletzt aufgeführt habe, markierte seine beginnende Probenarbeit nach dem ersten Anhören. Herausgegriffene Tuttistellen wurden einige Male „gebimst", wenn es gar nicht ging, im halben Tempo gespielt (bei Einzelvorspiel in der Tuttigruppe blockierte der Vorstand). Dann kamen die Bläser an ihren Teil und hier zeigte sich Dohnanyis äußerst feines Gehör. Er war in der Lage, zum Staunen der Kollegen und zuhörenden Umwelt, Bläserakkorde auszustimmen. In die Akkorde erließ er seine Anordnungen: „dritte Posaune höher, Klarinette zu hoch, die Flöte kommt zu spät… usw.", bis es einem schien, als sei ein Klarspülmittel über die Bläsersätze gegossen worden.

Seine Umgangsart schuf ihm einen großen Graben von Respekt und Missachtung, bei Orchestern geht ihm der Ruf des „Musiker-Killers" voraus und belastet gleich von Anfang an jegliche konstruktive Probenarbeit. Er hatte mit jedem europäischen Orchester Streit, nur in Amerika beim Orchester aus Cleveland konnte er sich auf den absolutistischen Freiraum dank der Vorarbeit von George Szell verlassen. Auf die Frage eines amerikanischen Journalisten nach dem besten Orchester unter den Big Five in Amerika, ob nun New York oder Cleveland … eine typische Dohnanyi-Antwort: „I don't know which is the first orchestra in the United States, I only know that we are not number two!"

Bezeichnend, dass die eigentlich mit den Symphonikern verbundene Geschichte schon am Anfang dieses Buches abgehandelt wurde, also gleich von Anfang an die Fronten für einen Neuanfang belastet wurden.

Thema Solisten: Friedrich Gulda

... oder ein Wiener Orchester bläst auf dem Kamm.

Bisher ist häufiger nur im Hintergrund erkennbar gewesen, welche Kleinarbeit der operative Teil einer Orchesterreise ausmacht.

Gehen wir chronologisch vor, beginnt eine Konzertreise nicht mit dem Programm oder dem Dirigenten, sondern mit dem Datum. Die Japaner planen drei Jahre im Vorhinein, die Amerikaner ebenfalls, die Deutschen zwei, die Italiener nicht einmal ein Jahr voraus. So hat man in Japan und Amerika Zeit, sich um Geldgeber zu kümmern, in Deutschland sind die Vertragsorte durch das perfekte Abonnement-System gesichert, in Italien erfordert die Kurzfristigkeit erhöhte Anforderungen an das Improvisationsvermögen des Orchesters und die Budgetkraft des Veranstalters (hier stellt sich erstmals heraus, wie hilfreich in letzter Minute das Fax ist), Dirigenten- und Programm- Festlegung einmal vorausgesetzt.

Zum Dirigenten: der Chef „kocht" meist selbst (die größere Folge von Konzerten an fremdem Ort kann auch genug Attraktion für einen Wunschdirigenten haben).

Zum Programm: Es ist (in unserem Fall) zwangsläufig Wien-orientiert, was heißen soll Brahms (er kam aus Hamburg),

Mozart (er stammte aus Salzburg), Bruckner (in Linz gebürtig), Beethoven (kam in Bonn zur Welt), Mahler (geboren in Kalischt-Böhmen), nur der brave Schubert ist neben dem „Schani" Strauss ein echter Wiener. Entsprechend dieser Programmentscheidung haben wir je nach Reiserepertoire ein leichtes Gepäck (Mozart, Schubert, Beethoven) oder ein schweres (Brahms, Bruckner, Mahler). Bei Flugreisen reichte früher die alte Boeing 707, innerhalb Europas der LKW-Transport.

In der Geschichte der Reisen der Wiener Symphoniker (siehe auch die Zusammenstellung der Reisen im Schluss-Kapitel) hat es niemals Konzertabsagen gegeben, d. h. immer waren Dirigent, Solist, Orchester und Instrumente zeitgerecht am Ort ... bis auf eine Ausnahme ... nein, es waren doch eineinhalb (da beim ersten Fall „nur" der Probenbetrieb gefährdet war):

1. Ausnahme: eine Japanreise in „prähistorischer Zeit". Die erste wohl, denn man schwärmte von den Preisen der „Lollex" (Rolex), der Technik, der Perlen. Es gibt kein Dokument über den künstlerischen Ausgang dieser Reise, dafür jedoch ein zolltechnisches. Die cleveren Symphoniker hatten am Ende der Tour ihre Einkäufe in Erwartung des gestrengen österreichischen Zolls schön versteckt. Die Armbanduhren gingen auf beiden Armen bis an die Ellenbogen, das Hemd darüber machte die harmlose Einfuhr möglich. Aber nach den familiären Umarmungen und Beglückungen kam am Tag darauf die Quittung. Denn gerade diese hatte man zusammen mit den Garantiescheinen in den Instrumentenkisten abgelegt, die einen Tag später abgefertigt und zum Probensaal gebracht werden sollten. Ein sorgfältiger Zollbeamter fand so, was er suchte (zu diesen Zeiten kam wohl kein Orchester ohne Perlen und Uhren aus Japan zurück). Alle Instrumente wurden zunächst einmal beschlagnahmt, den für den Transport zum Probensaal bestellten Spediteur hatte man weggeschickt. Damit konnte die Probe für die Wiederaufnahme des Konzertbetriebes in Wien nach dem Ruhetag nicht stattfinden. Wie zu Unrecht bestrafte Kinder lief man zur Mutter, der Präsidentin. Frau Stadtrat machte sich auf den Weg zum Zoll, um unter Zusage der Zahlung der Strafe (welche Glaubwürdigkeit damals noch die Aussage eines Politikers gegenüber der eines Orchesterdirektors haben musste!), die Instrumente und Arbeitsmittel ihrer Symphoniker wieder freizubekommen. Im Aktenordner unter „Z wie Zoll" findet man heute noch den Strafbefehl.

2. Ausnahme: Kölner Philharmonie 1987:

Ein großes Sonderkonzert mit Nikolaus Harnoncourt und Friedrich Gulda.

Nach angenehmer Bahnfahrt treffen die Mitglieder des Orchesters am frühen Nachmittag in Köln ein. Die Hoteleinquartierung geschieht ohne Schwierigkeiten. Man kommt zur Einspielprobe eine Stunde vor Konzertbeginn und sucht vergebens den vertrauten LKW der Spedition Lang mit der silbern-blauen Aufschrift „Wir fahren für die Wiener Symphoniker" an der Laderampe des Saales. Schreckensnachricht auch von den aufgescheuchten Orchesterwarten: Die Instrumente sind noch nicht da. In der Vergangenheit war einmal der Transporter nur eine Stunde vor Konzertbeginn eingetroffen, ein andermal hatte ein Musiker seinen Koffer nicht dabei und musste sich den Frack mit maßgleichen Kollegen teilen, die Instrumente waren bei der Überfahrt über den Arlberg auch einmal eingefroren, aber angekommen sind sie immer.

Ratlos sitzen die Symphoniker auf ihren Plätzen des Podiums, kein Laut ertönt, kein Präludieren, keine Themen des kommenden

Konzertes auf dem Horn oder in den Geigen, kein „A". Nur Gulda prüft mit donnernden Akkorden sein Instrument.

Zusammen mit dem Direktor der Philharmonie, Franz Xaver Ohnesorg, wird ein Krisenplan entwickelt, hier die Gedanken- und Ereignisabfolge:

1. Die Instrumente kommen nicht. Absage, Kartenrücknahme, keine Gage. Enttäuschtes Publikum, enttäuschtes Orchester.
2. Eine Rückfrage bei der Polizei ergibt, dass man den LKW gegen Mittag hinter Frankfurt gesichtet hat.
3. Jetzt auch erreicht man die Privatwohnung des Speditionsinhabers (es ist Samstag!): der Wagen hatte eine Panne, ist notdürftig zusammengeflickt, kann jeden Augenblick wieder liegen bleiben. Die Kölner Autobahn-Polizei wird um Hilfe gebeten.
4. Durchschlagende Meinung: man muss das Publikum zum Warten veranlassen. Doch wie?
5. Franz Xaver Ohnesorg hat die geniale Chuzpe, aus der ganzen Geschichte etwas Besonderes zu machen. Wir haben ja schließlich den Gulda!

20.00 Uhr. Der Saal ist gefüllt, das Podium leer (bis auf das Klavier und die Stühle für das Orchester). Ohnesorg tritt auf, wird mit verwundertem Beifall empfangen und sagt:

> „Meine Damen und Herren,
> der Dirigent ist da (Pause), der Solist ist da (Pause), die Musiker sind da (Pause), aber die Instrumente sind noch nicht da.

(Der Schreck geht durch das Publikum.)

„   Man hat den Instrumenten-LKW auf der Höhe von Linz gesehen"

(Linz, ein kleiner Weinort, liegt diesmal ausnahmsweise und im Unterschied zu „unserem" österreichischen Linz nicht an der Donau, sondern am Rhein, an der Grenze von Rheinland-Pfalz zu Nordrhein-Westfalen und hat mit der Hauptstadt Oberösterreichs nur den Namen gemein).
Amüsiertes Gemurmel im Publikum.

„   „Wir haben aber Friedrich Gulda. Und wenn Sie einverstanden sind, wird er Sie die nächste Stunde unterhalten. Danach machen wir dann eine Pause, in der wir Sie zu einem Gläschen Sekt einladen, und in der wir hier die Instrumente aufbauen, wenn der Transporter angekommen ist, und dann können Sie so um 21.30 Uhr das Konzert wie vorgesehen genießen."

Riesiger Applaus.

Keine Frage, dass Gulda – plötzlich und unerwartet in die geliebte Rolle des Einzelunterhalters gestoßen – wohl einen der größten Erfolge seiner Laufbahn einheimste und dass das Publikum begeistert bis über Mitternacht dem „eigentlichen" Konzertprogramm folgte, das erst um zehn beginnen konnte.

Man sieht, auch Ausrutscher aus der Perfektion werden angenommen, Routine-Alltag wird gern einmal durchbrochen, auf Publikums- wie auch auf Künstler-Seite.

Gennadi Roshdestwenski
(mit Akzent auf dem djé)

Er ist meiner Meinung nach der genialste unserer heutigen Orchesterleiter.
Zum Genie gehört aber auch 90% Fleiß wie wir wissen. Mit den restlichen 10% den ganzen Dirigenten gut zu verkaufen, das ist wahres Genie!

Leider wurde Roshdestwenski allzu früh in die besten Positionen des sowjetischen Musikbetriebs gebracht und erschien bei seinen westlichen Karriere-Versuchen in Schweden und London wie ausgebrannt. Schon als junger Mann war er lange Zeit Chef des Großen Rundfunk-Sinfonieorchesters der UdSSR. Man sagt, dass sein Vater eine einflussreiche Position „ganz oben" inne hatte, seine Mutter war eine berühmte Sängerin. Dies sind vielleicht die Gründe seiner „Probensparsamkeit". Er vertraut auf sein Können (das er ja hat) und hält dem Orchester vor: „Ich kann meine Partitur!" Dass aber achtzig Musiker sich über Abläufe und Zusammenspiel nur in gemeinsamen Proben absprechen können, dass der Übungsvorgang ein gemeinsamer ist, verdrängt er aus der ihm zugewachsenen Müdigkeit, dem Überdruss, der Trägheit – Oblomow lässt grüßen – und bringt so die Orchestermusiker unkollegialerweise in unnötige Schwierigkeiten und Ängste.

Übervorsichtig war vielleicht die Art der Absprache bei den verzwickten Wiederholungen nach Doppelstrichen, wie sie Josef

Krips mit den Musikern traf, der vor jeder gewollten Wiederholung ein Tüchlein aus der Brusttasche zog und damit allen unmissverständlich den Wiederbeginn von vorn zuwedelte.

Roshdestwenski wäre diese Sorge übertrieben vorgekommen. Dabei schien auch er ab und zu selbst von Ängsten gequält zu sein. Er forderte tatsächlich meine ständige Anwesenheit bei seinen Proben, „damit ich ihn vor den Musikern beschützen könne" (Original: „… to protect me against the musicians"!). Soweit die Probenängste. Die Konzertängste bezogen sich auf einen möglichen Absturz vom Podium, die hatte der Kurzsichtige wohl von seinem Lehrer mitbekommen. Darum wählte er als Solistenstücke gern Klavierkonzerte, nicht nur, dass seine Frau dadurch mit zu verpflichten war, hinter dem Klavierdeckel konnte er sich verstecken und den Rücken zum Anlehnen nutzen. Für das Schlussstück ohne Klavier musste dann das Instrument mit geschlossenem Deckel auf seinem Platz bleiben. Die fragenden Blicke der gequälten Orchesterwarte in der Pause bekamen eine Antwort nach meinem Gang ins Dirigentenzimmer: „Das Klavier bleibt!"

Immer glückten die Programme mit (Dirigenten-) protektionistischem Hintergrund jedoch nicht. Wir waren gezwungen, eine große Bar nach seinen Maßen zu bauen, die bei seinen Konzerten ohne Klavier die Funktion dieser Dirigentenburg übernahm. Wiens Konzertveranstalter hatten für dieses schwere Ding in dunklem Holz wenig Verständnis, und vor allem Prof. Moser meldete für seinen Musikverein denkmalschützerischen Protest an. Damit meinte er eher „seinen" goldenen Saal und sicher nicht den Dirigenten, der nun bis zu den Schultern hinter seinem Verschlag verschwand, beim Applaus gerade noch den Hals über die Brüstung stecken konnte.

Nach außen und einmal auf dem Konzertpodium – glücklicherweise gibt es in den Wiener Sälen Beobachtungsplätze auf dem Balkon und hinter dem Orchester – überspielt Roshdestwenski alles. Sein Schlag ist locker, präzis, schwungvoll-pfiffig (im wahrsten Sinn des Wortes lässt er bei manchem Einsatz den biegsamen Taktstock pfeifen wie eine Peitsche). Er steht mitten im Orchester ohne Podium, ab und zu schaut er in die Partitur (russische Dirigenten verabscheuen es, ohne Partitur zu dirigieren), geht in Richtung Einsatz, kurz: Roshdestwenski demonstriert gern nach außen seine Souveränität und einen gewissen Humor.

In Wahrheit ist er mehr „launig" als „clownig". Manchmal bereitet es eine wahre Freude, ihm zuzuschauen. Bei schlechten Tagen sind eben die Musiker schuld.

Dies kommt beim Publikum an. Bei den Musikern nicht.

Gennadi Roshdestwenski ist sich selbst ein wunderbarer Programmierer. Seine Programme sind Ausgrabungen besonderer Art, virtuos, intelligent gebaut, meist mit Klavier-„Begleitung", sodass seine Frau Viktoria Postnikowa dabei sein kann. Die erwähnte Angst des Kurzsichtigen, vom Podium herunterzufallen, ist wohl die einzige emotionale Rührung während des Konzertes.

Von September 1982 bis Oktober 1983 war Roshdestwenski Chefdirigent der Wiener Symphoniker. Wir kamen auf dem Schwarzenbergplatz nach einer Probe zu einer Einigung. Er bestieg gerade ein Taxi zu seinem Hotel, ich stellte ihm die Hochzeitsfrage, er sagte, darüber müsse man mit Goskonzert, der staatlichen Konzertagentur in Moskau, reden.

Also flogen der inzwischen zum Hofrat aufgestiegene Obersenatsrat und Syndikus Dr. Schubert und ich mit einem kurzfristig ausgestellten Visum (der Kulturattaché der sowjetischen Botschaft im dritten Bezirk half dabei und avisierte uns, wie wir bald merken sollten) nach Moskau.

In der langen Schlange bei der Einreise am Flughafen Scheremetjewo erwischte mich der kurze Blickwechsel mit einem die Reihe entlang stolzierenden Uniformierten; er ließ mich aus der Menge holen, die Sonderbehandlung mit einer eigens zugeteilten Zöllnerin brachte in meinem Koffer zwei Dinge des Anstoßes zu Tage: das Wochenmagazin „Der Spiegel" und zwischen Unterhosen und Strümpfen einen Anlasser für „Roshdis" Mercedes.

„Maschin!" sagte die Zöllnerin voller Überraschung. Erklärungen waren zwecklos weil unverständlich, die Zeitung und ihr obszönes Deckblatt wurden requiriert und von grinsenden Kollegen weitergereicht, die „Maschin" durfte im Koffer bleiben.

Am Ausgang des Flughafens empfing uns eine junge Russin: Tatjana, die anständigerweise gleich sagte, dass sie nicht vom Kultusministerium sei, und uns zum Hotel brachte.

Am nächsten Tag gestalteten sich die Verhandlungen bei Goskonzert freundlich. Österreich war immerhin eine neutrale Nation und das anerkannte Bindeglied im politischen Poker. Es begrüßte uns die Ressortleiterin „Kulturelle Auslandsbeziehungen" mit einigen Goldzahn-Mitarbeitern, Sekretären und Beobachtern. Roshdestwenski nahm auch teil, überzeugte sich vom Fortgang der Verhandlungen. Diskret überreichte ich ihm das schwere Plastiksackerl mit seinem Anlasser und einigem Spielzeug für Sohn Alexander. Ohne eine Regung zu zeigen schob er es unter seinen Stuhl.

„Unsere" Tatjana übersetzte. Ich sprach von der großen Ehre für Wien und Österreich, falls es uns gelingen sollte, den so berühmten Roshdestwenski zu den Symphonikern zu holen. Wir wären bereit, in Vertragsverhandlungen einzutreten, zu diesem Zweck sei auch der Hofrat... alles wurde akribisch übersetzt, die Gegenrede zunächst in russisch, unsererseits mit freundlichem Lächeln als zumindest in der Tendenz verstanden avisiert, dann in Deutsch nochmals verfolgt. Allein die Preliminarien nahmen mit „Kaffee – Ja", „Wodka – Nein" und „Kaviar – Ja bitte" schon eine halbe Stunde ein.

Wir kamen zu Paragraph zwei, dem Honorar. Kaum hatte ich vorsichtig geäußert, dass der Verein Wiener Symphoniker unter größten Anstrengungen... vielleicht... ein Honorar... von ö.S. 40.000 werde aufbringen können (dies war auch für damalige Zeiten aufgrund von R.´s Marktwert wenig, aber wir rechneten jetzt schon mit der üblichen Verdoppelung, d. h. sowjetische Künstler bekamen heimlich die offiziell ausgehandelte Summe nochmals netto auf die Hand, da Goskonzert ihnen nur 20% ließ), kaum also hatte ich diese Summe benannt, da ging die Tür auf und der stellvertretende Direktor von Goskonzert betrat das Zimmer und mischte sich in die Verhandlungen ein. Also wieder doppelsprachig von vorn... Welch eine Ehre, und Russland habe so wunderbare Musiker, wenn der große Künstler Roshdestwenski... Dann stand wieder §2 an, und wer verwehrt einem stellvertretenden Direktor schon einen Aufschlag von 10%?

Kaum war die Summe ö.S. 45.000 genannt, da ging die Tür auf und der Direktor von Goskonzert persönlich betrat, Achtung erheischend und Zigarre rauchend, den Saal. Und wieder von vorn. Diesmal sprach man mit einem Mitglied des Zentralkommitees und allseits gefürchteten Mann. Die Insignien seiner Würde waren die einzigen Schlüssel zum Telegraphenzimmer (wie muss dieses Zimmer voller Papier ausgesehen haben, wenn Genosse P. aus dem

Urlaub kam – und er war häufiger nicht da!). Diesem geachteten und bedeutenden Kulturpolitiker der UdSSR wird niemand ein läppisches Honorar von ö.S. 45.000 anbieten! So kamen wir auf 50.000 pro Konzert. Damit war für uns heimlich klar, dass nach jedem Konzert in Österreich dem Künstler 100.000 (etwa DM 14.000) zu zahlen seien.

Über die weiteren Paragraphen kamen wir schnell zur Einigung – allzu schnell akzeptierten wir auch die ärztliche Versorgung, den Transport mit allem Gepäck. Diese Fußangeln des Vertrages haben dem Verein noch sehr viel „Nebenbelastungen" gebracht.

Die erste Maßnahme, die R. als neuer Chef der Symphoniker setzte, war... eine Nierenstein-Operation. Ich wollte ihm den Präsidenten des Musikvereins, einen anerkannten Spezialisten, empfehlen, er aber hatte sich längst informiert und kannte den von ihm Gewünschten genau mit Namen und Telefonnummer. Das Arzthonorar und der Krankenhausaufenthalt waren einige Dirigentenhonorare leider ohne den Konzertertrag wert.

Zu der zweiten Fußangel, die wir damals ahnungslos akzeptierten, dem Gepäcktransport, konnte man die Beobachtung machen, dass R. in den letzten Tagen vor einer Rückreise in Kaufrausch verfiel. Ich betrachtete bisher immer Dinge wie Parfums, italienische Mode, Schokolade, Kaffee, Seidenstrümpfe oder bestimmte feine Alkoholika als die typischen Zeichen westlicher Dekadenz. Von R. lernte ich, dass auch Nägel, Tapeten, Farben und Handwerkszeug dazu gehörten. Diese wurden dann mit viel Aufwand zum Flughafen gebracht und als Übergepäck (von den Symphonikern zu zahlen) erklärt.

Den nagelneuen Mercedes aus Wien hatte er allerdings von seinem Honorar zu bezahlen. Wer hat schon einmal im Leben die

Gelegenheit, einen solchen Wagen bei einer solchen feinen Firma zu bestellen? So bot ich mich freudig als Vermittler an. Wir besprachen statt der Konzertprogramme ausnahmsweise einmal Ausstattungsdetails eines Luxusautos. Hier zeigte Roshdestwenski mehr Geduld, bei Programmgesprächen brach er meist nach einer halben Stunde ermüdender Arbeit ab. Zu meiner Überraschung wollte er eine Limousine in schwarz, aber mit allem Luxus, der damals einem „280er" möglich war. Die Überführung des Wagens nach Moskau, eine tagelange Fahrt über schlechte Straßen, unternahm er selbst und bewies seinen außergewöhnlichen Informationsstand. Es war wieder einmal die Zeit diplomatischer Verwicklungen, und er wollte partout nicht über Frankfurt an der Oder und durch Polen fahren, sondern wählte entgegen meinem Rat und der kürzeren Route seinen Weg über die Südtschechoslowakei und Ungarn. Am Wochenende seiner Abreise gab es ernste politische Spannungen mit Polen.

R. dirigierte in diesem knappen Jahr 1982/83 ca. 20 Konzerte. Das Konzert „Frühling in Wien", das Staatsfeiertagskonzert und eine Tournee nach Südamerika waren darunter. Seine Konzerte zeichneten sich durch kurze Proben aus. Morgens beim familiären Frühstück erreichten mich die Anrufe: „Lutz, I cannot rehearse this morning, I ate some fish yesterday night!" Anfangs übertraf die ungespielte Sorge um seine Gesundheit die Sorge um ein wohlgeprobtes Konzert. Später dann bedauerte man, dass neben der Anzahl der Konzerte nicht auch die Zahl der Proben vertraglich fixiert worden war. Dies war die Zeit, wo Konzertmeister Schnitzler die erweiterte Bedeutung seines Berufes häufig zu spüren bekam: Ihm wurden Voreinstudierung und Materialprüfung anvertraut. Lange konnte dies allerdings nicht gehen. Wie gut, dass es einige

Dirigiertalente unter den Musikern gab. Schwierig wurden nur die Eifersüchteleien im Orchester, so musste als Institution zur Abdeckung der Mängel des Chefdirigenten der sich vom Orchester lösende stellvertretende Solocellist Martin Sieghart öfter den Bogen mit dem Taktstock tauschen. Ein Vertrag zwischen uns half allen dreien, dem kränkelnden und probenunwilligen Chef, dem Orchester, das so wenigstens die Stücke technisch in den Griff bekam, und dem jungen, Erfahrung sammelnden Dirigenten.

Die Frage der Wohnung des Chefs war ungelöst. Zuerst bevorzugten die Roshdestwenskis ein Hotel. Hier sollte immer das gleiche Zimmer zur Verfügung stehen. Doch welches Hotel kann dies garantieren? – Welches Hotel räumt die von der Gattin zurückgelassenen Kleider aus und vor der Ankunft der Gäste richtig wieder ein?

So reifte der Entschluss zu einer Wohnung. Man fand in der Innenstadt eine ruhige, zentrale, hübsche, heimelige Altwiener Bleibe.

Kurz vor Mitternacht am Tage des gerade durchgestandenen Ankunft-Zeremoniells – man fährt am Flughafen zum Vip-Empfang, wartet, bis die Maschine gelandet ist, fährt dann mit dem Kleinbus auf das Flugfeld, begrüßt mit Umarmungen und Jubel die Gäste, voller Frohsinn und in Erwartung der großen Tage sitzt man wieder im Kleinbus vom Flugzeug zur Abfertigungshalle, die Pässe werden höflichst kontrolliert, man wartet einen Moment im angemieteten Vip-Raum bei Champagner, Orangensaft und Small-Talk auf die Koffer, dann heißt es, das Gepäck ist schon am Wagen, man steigt ein und bespricht auf der Fahrt in die Stadt die zukünftigen Proben mit und ohne Solist, den Ablauf der Konzerte, wenn es weit kommt, hat man noch Zeit, die Programme der nächsten Konzerte zu bestätigen oder zu ändern, überlässt schließlich die Gäste erleichtert ihrem gastlichen Heim, das man vorher auf Heizung, Sauberkeit und Muffluft kontrolliert hat – läutet das Telefon. Ein völlig zerstörter Maestro meldet sich. Man habe noch kurz die Wohnung verlassen zu einem abendlichen Bummel, in dieser Zeit sei eingebrochen worden, die Ikonen, der Familienschmuck von Gattin Viktoria seien gestohlen.

Ich benachrichtige nächtens die Polizei, sie trifft mit mir am Tatort ein. Hier könne er nicht bleiben, meint Roshdestwenski, kriminelle Elemente kämen nachts in seine Wohnung, da könne er kein Auge zutun und die Probe morgen sei jetzt schon fraglich …

Vom mitternächtlich gefundenen Hotel erreicht mich am nächsten Morgen ein wütender Maestro. „Did you read the newspapers?" Da stand nun tatsächlich auf der Kolportageseite unter der fetten Überschrift „Russischer Künstler bestohlen" der Bericht über den Einbruch und den Diebstahl der Ikonen und des Schmuckes (beides russische Kulturgüter, die nicht ins Ausland gebracht werden dürfen). Klar, dass diese westlichen Skandalblätter jeden sensiblen Künstler zur Absage der Proben zwingen.

In der neuen Wohnung, die wir daraufhin im vierten Gemeindebezirk fanden, wohnten die russischen Künstler nicht lange.

Streit mit russischen Behörden gab es außerdem noch zweimal. Die Anreise nutzte R., um Mengen von Kaviar nach Österreich zu bringen, bei der Rückreise schätzte er wie gesagt Nägel, Türschnallen, Wasserhähne, da er seine Wohnung in Moskau renovierte. Am Flughafen in Moskau, so erzählte er mir bei der verspäteten Ankunft in Wien, habe ihn ein Zöllner nicht ausreisen lassen wollen. Der Brief des Kultusministers, eine Art obskurer Freibrief für den Künstler Roshdestwenski, sei requiriert worden. Er aber sei nicht eher ins Flugzeug gestiegen, bis er seinen Brief wieder in Händen hatte. Interpretationen über die Macht solcher Schreiben und den Einfluss gewisser Familien im damaligen Russland sind erlaubt.

Irgendwann dürfte bei R. auch einmal der Gedanke an eine Emigration aufgetaucht sein. Durch eine telefonische Anfrage des Kulturattachés nach seinem Aufenthaltsort wurde ich auf den Fall aufmerksam. Aber R. war nicht in Wien, es gab weder Proben- noch Konzertpläne für diese Woche. Ich vermutete, dass er in London steckte. Auf nochmaligen dringlichen Druck der Botschaft in der Marokkanergasse – man machte ihnen aus Moskau die Hölle heiß und der Kulturbotschafter schien sichtlich angegriffen – versuchte ich alle mir bekannten Telefonnummern in London. Von dort meldete er sich schließlich erstaunt über die ungewöhnlichen Fragen nach seinem Verbleiben. Er hatte sich zu diesem Zeitpunkt wohl entschlossen, das Versteckspiel zu beenden.

Man fährt mit einem Orchester nicht allzu häufig nach Südamerika, obwohl zwei Mozart gewidmete Organisationen (Mozarteum Argentinum und Mozarteum Brasileiro), denen in beiden Ländern engagierte Damen vorstehen, in Brasilien und Argentinien miteinander konkurrieren. Da muss auch das Programm gut ausgewählt sein. Bei Roshdestwenski hatte ich keine Bedenken, doch das ihm naheliegende Ausgefallene durch Österreichisches und Repräsentatives zu ersetzen, war notwendig. Bruckner war eine der Ideen, die Symphoniker hatten sich dazu als Bruckner-Orchester immer wieder verdient gemacht. Doch von seinen Sinfonien war nur die Vierte populär genug, einem lateinamerikanischen Publikum nahegebracht zu werden. R. war zwar einverstanden, doch das Besondere für ihn bestand in der Aufführung der Erstversion, die er jedoch wieder mit der Aufnahme des dritten Satzes, dem bekannten

Jagdscherzo, verfälschte. Der letzte Satz dieser ersten Niederschrift ist nicht der beste Bruckners, aber Dirigentenwille ist Dirigentenwille – auch gegen den des Komponisten – und so stießen wir bei der Aufführung der Vierten in der ersten Version des Schlußsatzes auf viel Unverständnis beim südamerikanischen Publikum.

Roshdestwenskis Probenunwilligkeit und seine mangelnde Disziplin machten diese Reise, die a priori zu den anspruchvollsten Unternehmungen für ein Orchester gehörte, – die Belastungen der klimatischen Veränderung, die Spielorte über 2.500 m Meereshöhe mit ihren Kreislaufbelastungen, die organisatorischen Unzuverlässigkeiten, die Schwierigkeiten zum Erhalt der jeweiligen Arbeitserlaubnisse, die ungeahnt schwierige Verzollung der Instrumente, – zu einem Albtraum. Sicherheitshalber hatte ich Martin Sieghart, den stellvertretenden Solocellisten, der schon in Wien öfters einsprang, gebeten, das gesamte Tourprogramm ebenfalls einzustudieren. So konnte ich den Ankündigungen Rostdestwenskis über seinen jeweiligen Gesundheitszustand gelassener entgegensehen. Das speziell verfasste Reisebüchlein für eine so beanspruchende Reise, das allen Teilnehmern wertvoller Leitfaden war, warnte alle. Im Sinne der Sicherheit für die Musiker sollte man immer nur in Gruppen Stadtbesuche unternehmen, abends wegen der Höhenbelastung – Bogota liegt auf 2.600 m Meereshöhe – schwere Abendessen meiden, vor allem dem Alkohol widerstehen.

Aber R. verhielt sich dem wie aus Trotz entgegengesetzt, gab sich der großen Abendtafel hin, der chilenische Rotwein, der wirklich gut war, mundete ihm besonders, und in Bogotá hatte er – wie zur Bestätigung – einen Kreislaufkollaps. Schon vorher konnte Martin Sieghart seine Probenfestigkeit beweisen. In Quito, 2800 m hoch gelegen, kam den verstörten Musikern beim Betreten des

Theaters eine kleine Armee von Rotkreuz-Sanitätern mit Sauerstoffflaschen bewaffnet entgegen und schaute jedem kritisch auf die Nase. Sie waren zur sofortigen Rettung bereit.

Vielleicht auch wegen dieses einschüchternden Umstandes meldete sich R. gleich krank.

Er saß in einem kleinen Verschlag hinter der chaotischen engen Bühne des Theaterchens, betreut von Viktoria Postnikowa, der Solistin und Gattin, und beschwor mich, das Konzert abzusagen. Dies war sicher nicht so einfach und darum schlug ich Sieghart als den Ersatzdirigenten vor, eine Drohung, die ihn zu Kompromissen stimmte. Dann wolle er nur das Solistenstück und die Schlusssinfonie leiten, um seine Kräfte zu sparen, den Webern könne er nun wirklich nicht …. Dazu sollte das Konzert protokollgerecht mit den jeweiligen Landeshymnen beginnen. Die ekuadorianische war eine Art Verdi-Ouvertüre, die österreichische die von Mozart bekannte Melodie „Brüder reicht die Hand …". Wie aber lässt man den als österreichischen Zeitgenossen angekündigten Webern ausfallen?

In diesem Fall half der Bühnenmeister, der durch die Saalbeschallung am Beginn der Veranstaltung, nach Einzug der politischen Honoratioren, diesen Ausfall ankündigen wollte. Es ging dann auch durch die zweifelhafte Lautsprecheranlage ein Rauschen und Knacken, und ab und zu kamen einige spanisch-südamerikanische Wortfetzen.

Als wir den Musikern, vor allem den Bläsern, die besonders stark mit der sauerstoffarmen Luft zu kämpfen hatten, versprachen, sie bei der leisesten Blässe von der offenen Bühne zu retten, konnte das eingekürzte Konzert beginnen.

Der Ablauf mit den beiden Hymnen bewirkte beim Publikum eine sehr freundliche Aufnahme des Werkes vom angeblichen Zeitgenossen Webern, das in Wirklichkeit nichts anderes als die Mozartsche Nationalhymne war. Ob diese Aktion dem Bild Weberns auf dem südamerikanischen Kontinent genützt hat?

In Bogotá dann der Zusammenbruch. Von Isolde Rapp, der unermüdlichen organisatorischen Stütze des Orchesters, hörte ich den weiteren Verlauf mit Arztbesuch und Besserung zum Abend, sodass ich bei R. selbst keine Informationen mehr einholen musste. Dies aber wertete der Maestro als Vernachlässigung und wechselte seit dieser Zeit kein Wort mehr mit mir.

So ging auch das letzte Konzert in Caracas, Venezuela, zu Ende. Der Rückflug war durch Beratungen und Spannung auf beiden Seiten gekennzeichnet. Das Orchester wollte Roshdestwenski, nach Wien zurückgekehrt, am nächsten Montag in einer Orchesterversammlung das Misstrauen aussprechen. Im Bemühen um eine mildere Lösung lud ich alle, auch Gennadi Roshdestwenski und seine Gattin, für Montag Vormittag zu einem Vortermin in mein Büro. Bei den Zwischenlandungen, so. z. B. in Lissabon, gingen sich alle Mitwirkenden am Konflikt aus dem Weg, im Flugzeug waren sie dann wieder zusammen gepfercht und erreichbar und konnten meiner formellen Einladung zu diesem Gespräch nicht ausweichen.

Doch nach der Landung in Wien, unmittelbar wieder vor dem Besteigen der Limousine (ich erinnere an die erste Zusage am Schwarzenbergplatz vor noch nicht all zu langer Zeit) überreichte R. mir einen in kyrillisch geschriebenen Brief, den ich, da ich ihn nicht verstand, ratlos in Händen hielt.

„Geehrter Herr Generalsekretär" begann er, wie ich am Tage darauf nach der Übersetzung erfuhr. „Ich sehe mich nicht in der Lage, die Leitung der Wiener Symphoniker weiter…", Roshdestwenskis Demission.

Es gab dann noch ein peinliches offizielles Abschiedsessen im Hotel Imperial mit dem Botschafter Russlands und dem Präsidenten des Vereines, Dr. Zilk, bei dem Reden die kulturellen Beziehungen beider Länder beschwören und Folgen für den fahnenflüchtigen Maestro vermeiden sollten. Auch Präsident Zilk spielte diese Farce brav mit, wollten wir doch dem erfolglosen russischen Künstler in seiner Heimatstadt keine Schwierigkeiten hinterlassen.

Aber das schien ihn schon nicht mehr zu kümmern.

Thema Solisten:
Die Gattin des Dirigenten

Es gibt viele glückliche und erfolgreiche Künstlerehen. In Russland ergab sich das „zwangsläufig", da das Künstlervolk wie eine kleine Gruppe sogar in der Zuteilung von privaten Wohnungen unter sich gehalten wurde.

Auch außerhalb von Russland sind viele „praktizierende" Dirigentengattinnen erstaunlicherweise entweder Sängerinnen oder Pianistinnen. Den praktischen Sinn der letzteren bei den Konzerten Roshdestwenskis haben wir im Kapitel oben bereits dargestellt. Weit höhere Bedeutung in der Geschichte der Oper haben die Sängerinnen, die gemeinsam mit dem Gatten vielen Opernerstlingen auf die Beine/Bühne geholfen haben: (Clemens Krauss / Strauss / Ursuleac, Dohnanyi / Anja Silja).

Es sei auch nicht geleugnet, dass weiblicher Einfluss auf die Disziplin erwünscht, aber – wie am obigen Beispiel gesehen – nicht immer erfolgreich ist.

Hauptgrund aber sind das gemeinsame Musizieren (mit doppeltem Honorar) und der Möglichkeit des ehelichen Zusammenlebens in diesem partnerfeindlichen Beruf. Hier ringt der Künstler mit dem Künstler, weit entfernt von „Bütterchenmachen" oder Hotel-Bestellen der Gattinnen, die sich ganz unterordnen (ich stellte schon einmal fest, ein Buch über die Dirigenten-Gattinnen würde sich lohnen). Dazu haben beide Teile noch den Vorteil, sich bei jeder häuslichen und privaten Gelegenheit über musikalische Einzelheiten zu verständigen. Roshdestwenski z.B. legte zu Hause richtige Einzelproben mit Viktoria ein. Da wir das gemeinsame Konzertieren schon einmal nahe den ehelichen Gepflogenheiten ansiedelten: Dieser in öffentlicher Probe oder gar im Konzert zu beobachtende Ehekrieg, oder die gegenseitige Befruchtung mittels einer Komposition von Beethoven, Brahms oder Tschaikowski, lässt meist beim Maestro überraschende persönliche Momente zum Vorschein kommen. So kennt man ihn nicht, so betont herrschsüchtig oder... so untergeben.

Aber auch „sie" ist nicht die Solistin, die sonst durch ständiges Korrigieren und Verbessern auffällt. Unter dem Stab des Gatten fühlt sie sich behütet, oder aber im Fall der Krise, kann man diese am Instrument so richtig ausleben.

Meist jedoch endet die eheliche Künstler- und Partner-schaft in Harmonie und wie sie der Komponist vorschreibt.

Nicolaus Harnoncourt

Einem Dirigenten aus den Reihen des eigenen Orchesters gerecht werden zu wollen, stellt sich aus der Sicht des Berichterstatters wie des Musikerkollegen als besonders schwere Aufgabe. Da auch er es sich niemals leicht gemacht hat, sich dazu mit der dirigentischen Umwelt anlegte (zwei vernünftige und mit dem sterilen Konzertbetrieb abrechnende Bücher) und dennoch einer der ganz Großen wurde – obwohl er allem abschwor, was wir oben als Kriterium und Beiwerk des Dirigenten festlegten – hat er gleich zu Beginn alle Sympathien auf seiner Seite.

Als langjähriger Cellist der Symphoniker erlebte Nicolaus Harnoncourt von seinem Pult aus die großen wie auch die mittelmäßigen Dirigenten der Nachkriegszeit und wie das Orchester sie behandelte. Dies muss wohl seine Selbstkritik und seine Zurückhaltung, seine Skepsis zur Motivation und seine Schüchternheit verstärkt haben. Harnoncourts grundlegende Auseinandersetzung mit der Musik und der Aufführungspraxis, hier im Speziellen mit der „Alten Musik", begann aus der Perspektive des Instrumentalisten, untermauert von eigenen gewissenhaften Studien. Mit Hilfe einiger Orchesterkollegen gründete er das elitäre Ensemble „Concentus musicus" und löste sich kühn aus dem Orchesterverband und der sozialen Sicherung. Kompromisslosigkeit gehört zu Harnoncourts hervorragenden Eigenschaften. Ihm gelang die Qualifikation zu einer wunderbaren Karriere als Orchesterleiter, der bei Bach begann und heute bei Brahms angekommen ist, dazu erreichte er sensationelle Erfolge mit seinen Bühnenproduktionen (Monteverdi und Mozart) nicht nur in Zürich.

Der Konflikt mit dem „Establishment" war vorhersehbar, als er seine Theorien und Auffassungen im Buch („Musik als Klangrede" 1982 und „Der musikalische Dialog" 1984) herausgab, mit seiner Kritik am Proben- und Aufführungsbetrieb nicht zurückhielt. Seit dieser Zeit war Karajans Salzburg dem Anti-Apostel verschlossen.

Das änderte sich dann allerdings radikal 1992, als Gérard Mortier die künstlerische Leitung der Festspiele übernahm. In seiner Ära gehörte Harnoncourt zu Salzburgs repräsentativsten Dirigenten.

Zum Leidwesen der Symphoniker ließ er sich nur selten überzeugen, an das Dirigentenpult seines ehemaligen Orchesters zurückzukehren. Er fürchtete nach ersten Versuchen wohl Autoritätsverluste, die ihn bei einem gänzlich fremden Orchester, z. B. dem Concertgebouw, nicht behinderten. Dazu kam die Einschätzung des Berliners Wien gegenüber, das er für einen Miststall hielt, aber hinzufügte, nur im Mist könne vieles fruchtbar wachsen.

Außenseiter zu sein, ist Harnoncourt keine Belastung, ermöglicht es ihm doch, bei den Musikern den Ausnahmezustand zu erreichen, den er bei jeder seiner Aufführungen herbeiführen will. Von der Alten Musik im wohlgesinnten und kooperativen Kollegenkreis des Concentus ausgehend fand er nach langen Vorbereitungen den Zugang zum großen Orchester, dies zuerst in Amsterdam.

Bei den Symphonikern gelang es ihm, Schuberts Sinfonien zu einem neuen Verständnis zu bringen und die Musiker auf seine Linie einzuschwören. Auffallend an seinen Interpretationen ist zunächst einmal die Dichte und mitreißende Konzentration, dann blüht eine Phrasierung, ein ungewohnter Akzent auf, der die ganze abgeleierte Melodienfolge in völlig neuem Bild erscheinen lässt. Er überzeugt die Mitwirkenden durch sein Wissen, seine Ernsthaftigkeit, ja Besessenheit und Seriosität. Diese hervorstechenden Eigenschaften der Musikerpersönlichkeit haben wir in ähnlicher Form bei Giulini kennen gelernt. Tatsächlich lassen sich beide gut vergleichen, unter anderem auch in der Zeichengebung, die mehr der gewollten Interpretation als der Schönheit der dirigentischen Bewegung (der dirigentischen Choreografie) dient. Harnoncourt ist kein „Vor-dem-Spiegel-Dirigierer", sondern vermittelt seinen Interpretationswillen nach tiefer Beschäftigung mit dem Werk und dem Komponisten. Dem Publikum gegenüber ist er dabei bewusst ruppig und ungefällig.

Dieser überragende Musiker wäre nun nach Roshdestwenskis kläglichem Abgang endlich ein Chef gewesen, der den Symphonikern nach Giulini wieder künstlerische Substanz und internationalen Glanz hätte bringen können. Für Harnoncourt jedoch war der Alltag eines Chefdirigenten nicht denkbar. Er wollte sich nicht im Zwang der Abonnements, der Orchesterreisen verlieren. Übersee-Tourneen wären ohnehin nicht denkbar gewesen mit ihm, der seinen Rhythmus nicht umstellen konnte, der physische Belastungen vermied. Der Hauptgrund seiner Ablehnung könnte aber wohl in seiner Stellung den ehemaligen Kollegen gegenüber gewesen sein.

Rindfleisch gegen Musik

Nein, kein Titel für die „Butter-gegen-Musik-Zeit" Bregenzer Anfänge. Die Symphoniker litten längst nicht mehr unter Hunger.

Bratislava, so wissen Sie spätestens seit einigen Kapiteln, liegt direkt vor den Toren Wiens, wenn auch seit 1945 durch einen sehr schwer durchgängigen Eisernen Vorhang weiter entfernt als Vorarlberg. Der Doyen der österreichischen Journalisten, Hugo Portisch, ist dort geboren als es noch Preßburg hieß und schreibt in seiner gerade herausgegebenen und empfehlenswerten Biografie „Aufregend war es immer" (Salzburg, 5. Aufl. 2015):"... Preßburg war ein Vorort von Wien. Von Preßburg fuhr man mit der „Elektrische" genannten Straßenbahn in die Wiener Oper ..." und erzählt sehr anschaulich von der Stadt der drei Sprachen und meint, die Mehrzahl der deutschsprachigen Bürger trauere noch der östereichisch-ungarischen Monarchie nach.

Darum veranstalteten wir in der ehrwürdigen und akustisch ausgezeichneten Philharmonie häufiger Konzerte dort. Das lag an den immer noch gut funktionierenden verwandtschaftlichen Bindungen zwischen den Wienern und den Slowaken und an Dr. Ljubomir Rajter, Mitglied im Kuratorium der Philharmonie, sowie dem „Musikpapst" von Bratislava, Dr. Mokry, einem kenntnis- und beziehungsreichen Kollegen.

Dr. Rajter war – ähnlich wie Lovro von Matacic – ein Relikt der k.u.k. Zeit, ein netter, älterer Herr, der immer noch dirigierte und dies auch ab und zu in Wien beim ORF (dem Rundfunk) durfte. „Vergesst mich nicht!" waren jedesmal seine Worte, wenn er wieder nach Hause fuhr. Und er vergaß uns auch nicht, selbst wenn wir mit dem nicht transferierbaren Devisen-Honorar in tschechischen Kronen gerade die halben Tagesdiäten decken konnten.

Wir kamen etwa zweimal im Jahr zu Vorkonzerten nach Bratislava, die Mehrkosten für Bus und Dirigent wurden als wichtige Kulturpflege aus dem Haushalt der Symphoniker bestritten. Nach dem Konzert ging es dann direkt wieder über die schwerste Grenze der Tschechoslowakei und meist waren wir vor Mitternacht wieder in Wien, damit mit einem Dienst in der Orchester-Arithmetik „davongekommen".

Doch einmal waren diese Konzerte in der Krise. Ausgerechnet nach einem Konzert unter der Leitung des sowjetischen Kurz-Chefs, das das slowakische Publikum begeisterte, erhielt unsere erhitzte Begeisterung eine doppelte Abkühlung. Die Busse und der private Wagen des Maestro trafen sich so um halb elf nächtens an der leeren, hell erleuchteten Grenzstelle. Es tat sich nichts, nachdem wie üblich die Pässe eingesammelt worden waren. Die Uniformierten untersuchten träge die Fahrzeuge, in den Bussen wurde abgezählt, unter den Bussen mit Spiegeln kontrolliert, dann waren alle schwer bewaffneten Grenzer verschwunden. Aus dem Casino hörte man ab und zu laute Stimmen, Lachen, während wir auf dem kahlen Grenzübergang standen, einem kühlen Puszta-Wind aus dem ungarischen Süden ausgesetzt, im gleißenden Scheinwerferlicht. Es wurde halb zwölf, Nervosität machte sich breit. Verdächtigungen gingen um, ob vielleicht einer aus der Orchesterschar politisch belastet war, ob nicht Kollege Oboda, ein typisch böhmischer Kontrabassist, fast ein Schwejk, wegen eines in der Tschechoslowakei Zurückgebliebenen nun den ganzen Verein aufhielt.

Nach Mitternacht schließlich wurden wir „entlassen", wir hinterließen den Fluch, niemals wieder in der Slowakei unsere wertvollen kulturellen Güter abzuliefern ...

Zur Auflösung dieser alle erregenden Willkür bemühte Dr. Mokry (wie gesagt, der Kulturmächtige der Slowakei) seine Beziehungen zum tschechoslowakischen Präsidenten in Prag. Es stellte sich heraus, dass die Symphoniker zu einem Racheakt missbraucht worden waren. Zwei Tage vorher hatte der österreichische Zoll eine Ladung Rindfleisch wegen mangelhafter Papiere an der Grenze der Verderbnis ausgesetzt.

Rindfleisch gegen Musik.

Georges Prêtre

„Moi, je suis l'interprète" (frei nach Ludwig XIV: „Ich bin der Interpret") – so beschreibt Georges seinen Werdegang und Fortschritt vom Begleiter einiger Callas-Produktionen bis zum „Premier Chef invité" bei den Wiener Symphonikern.

Die Jugend des Nordfranzosen Prêtre aus dem Kohlegebiet bei Douai war hart. Sein Vater konnte ihm das Studium nicht bezahlen, so tingelte er zunächst als Trompeter und Barpianist, erkannte aber bald seine Berufung für mehr. Dieses „Mehr" („Plus"!) wurde zum Leitbild seines Lebens, selbst wenn er es mit zusammengebissenen Zähnen erreichen musste. Er ist eben ein Preuße und er ist besonders stolz, dass sich einmal ein Berliner Prêtre mit Ahnen aus napoleonischer Vergangenheit bei ihm vorstellte.

Einer seiner Förderer war sein zukünftiger Schwiegervater, ein Impresario und Opernunternehmer alten Stils, der ihm später auch sein Schloss bei Toulouse vermachte. Formell ansässig oder zuständig in organisatorischen Fragen der Musik zu sein – das vermied Prêtre immer. Alle Stationen seiner Karriere, Marseille, Lille, Casablanca, Toulouse, Paris sind zwar Anlass, sich als Interpret ganz zu geben, aber er hütet sich vor offizieller Verantwortlichkeit. Typisch für ihn, dass er unter dem Pseudonym Georges Dhérain seine Kapellmeister-Laufbahn in der Operette begann. Dem Georges Prêtre behielt er das Größte, stets mehr Fordernde, das Unmäßige und Unermessliche vor.

Prêtre hat sämtliche Stufen des Dirigenten- und Komponistenberufes durchschritten. Dem mit allen Wassern gewaschenen Musiker, der durch seine strenge Einstellung sich selbst und anderen gegenüber Respekt erheischt, der aber auch durch sein ständiges Misstrauen die Zusammenarbeit mit Orchestern, deren Vertretern, Schallplattenorganisationen und Fernsehanstalten belastete, blieb aber letztendlich die große Karriere versagt, die ihm eigentlich gebührt hätte. Dazu ist er über alle Maßen ehrgeizig. Aber auch diese Eigenschaft, die er als erhöhte „sensibilité" betrachtet, hat ihm gerade in seinem Heimatland Frankreich so manches unschöne Ergebnis und manchen Rückschlag gebracht. Seine Vitalität lässt ihn immer aus dem Vollen schöpfen, seine Ungeduld will sehr bald Ergebnisse.

Dabei ist sein Musikertum bewundernswert. Er gehört heute zu der großen Klasse der Dirigentenzunft, wie die zweimalige „Krönung" beim philharmonischen Neujahrskonzert beweist.

In den siebziger Jahren wurde Prêtre aus alter Freundschaft von Dr. Raab in Wien „gehandelt", später übernahm der Nachfolger Dr. Böhm diese Vertrauensstellung. Mit Hilfe der Agentur und unter Einbezug seines Sohnes Jean Reynald gelang es, den besten Dirigenten, den die Wiener musikalische Welt damals kannte, für die Symphoniker zu gewinnen. Lange Zeit waren die Symphoniker nach dem schnellen Abgang Roshdestwenskis ohne Chef geblieben. Es boten sich viele an, mir schien aber ein Vertrag mit einem 1a-Klasse-Dirigenten zwingender, selbst wenn es mehr Zeit und Aufwand kosten würde.

Prêtre allerdings wollte nicht Chef sein, so kamen wir auf die Formel des „Premier invité". Da er aber auch „über sich" niemanden sehen wollte, war er doch wieder in der ungewollten Stellung des Chefs. Zu Beginn seiner Tätigkeit für die Symphoniker plante er aus persönlichen Gründen einen Pilgergang nach Lourdes. Es war für mich Ehrensache und Selbstverständlichkeit, dass ich meine Begleitung für eine Etappe anbot. Zwangsläufig ergab sich die letzte von Bagnère de Bigorre nach Lourdes. Am frühen Morgen – verabschiedet von Gina Prêtre, die ihn mit dem Auto an jeder Etappe abholte und ins Hotel brachte – wanderten wir gemeinsam. Er hatte alle Wege studiert, seine Ausrüstung war mit Rucksack und speziellen Laufschuhen vollendet. Für mich war dieser eine Tag, abgesehen vom Ausbruch aus dem Büroalltag, eher eine Qual. Untrainiert und nur in Teilausrüstung, die ich mir ausgeliehen hatte, machte es Mühe, dem scharf marschierenden Prêtre zu folgen. Die (erwartete – nicht bezweckte) persönliche Begegnung, die Zweisamkeit auf den Feldwegen zwischen Wiesen und Bergen – wir begegneten nur den Kühen auf der Weide – die Erzählungen vom jungen Musiker Prêtre, schweißten uns für die Aufgaben als Legionäre der Kunst in Wien mehr zusammen als ein Abend beim Heurigen. Dazu ergaben sich Schwierigkeiten, die die einsamen Wanderer kameradschaftlich banden. Zunächst stellte sich heraus, dass der Weg nicht die geplanten 20, sondern etwa 28 km ausmachte. Eine Verspätung am Ankunftsort für die sorgende Dirigentengattin. Sodann zeigte sich den ganzen Tag über kaum ein Haus, das Pilger unserer Art aufnehmen und bewirten konnte. Wir stillten den mittäglich eintretenden Hunger inmitten der grünen Natur mit Nüssen und Rosinen, die der Maestro in seinem Rucksack fand. Kurz vor dem Dunkeln dann trafen wir am Ortsrand von Lourdes ein Café. Hier nun informierte Georges die beunruhigte Gattin, hier konnten wir die letzten Kräfte für den Weg zum Hotel mobilisieren.

Die wunden Füße hätten keinen zweiten Tag Fußmarsch ausgehalten, doch die deutsch-französische Freundschaft währt bis heute.

Dem deutschen Manager, dem man bald schon den österreichischen Pass anbot, und dem französischen Chefdirigenten als „invité" gelang eine außergewöhnliche künstlerische Epoche. Die Plakate der Wiener Symphoniker, erstmals im Stadtbild die riesige Anzahl der monatlichen Konzerte „Blau auf Silber" für jeden Wiener verkündend, trugen im Kopf den Namen des Orchesters und den des „Chef-Ersatzes". Fragen über Fragen ergab dies in Wien. „Warum soll man die eh ausverkauften Konzerte noch ankündigen?" – „Was sagen andere Dirigenten, wenn sie über sich den Prêtre sehen?" – Doch dieses Verabredete und vertraglich Fixierte wurde stur durchgehalten; dafür kam der Manager eben aus Westfalen.

Was auch immer Prêtre auf das Podium legte, ob lange geplant oder auch in Änderung der ausgedruckten Pläne mediterran improvisiert, es wurde immer „Le Maximum", ein erfolgreiches, bejubeltes Konzert. Wenn das Publikum dies einmal nicht begriff, hatte er Tricks auf Lager, alle zu stimulieren – oder zu brüskieren.

Vordergründig geht er – und hier bin ich bewusst wieder in der Gegenwart – von der musikalischen Phrase aus. Melodieführung, Akzentuierung und Tempo fallen als die Hauptpunkte seiner Interpretation auf, die er auf dem Podium mit spannungsvollen Gesten des Schmerzes oder des Jubels je nach ihrem Gehalt visuell darzustellen versucht. Sein Schlag folgt nicht gleichmäßig dem rhythmischen Gefüge, er „interpretiert" auf dem Podium, stellt Akzente heraus, zieht ein Tempo an, lässt die Arme fallen und verfolgt die Musik mit Körper und Augen, höchste Konzentration und Spannung lassen den Saal knistern. Er schenkt den Musikern nichts, verlangt aber auch von sich selbst das Letzte.

Das Publikum in Wien hatte bald verstanden, was es an Prêtre hatte. Seine Bemühungen um Marktverdünnung (keine feste Chefbindung, wenig Konzerte, aber die erfolgreich) erreichten in Wien einen Höhepunkt.

Nach den ersten Konzerten galt es, mit ihm und seinem Agenten zu verhandeln, das Orchester über eine feste Bindung zu befragen, seinen Sohn Jean Reynald ebenfalls zu überzeugen.

Zwischen all den Programmen, die der „Meister der Marktverdünnung" dann doch für Wien leitete, ist mir die Serie der Beethoven-Sinfonien die wichtigste. Er ließ sich nicht gern als Interpret nur des französischen Repertoires festlegen, Mahler und vor allem Richard Strauss (und dies schon seit den Zeiten, da Staatsopernchef Karajan ihm gern die Oper „Capriccio" anvertraute) waren seine Favoriten.

Debussys „St. Sébastien", sein Einstand im Musikverein, wirkte noch zehn Jahre nach, bis er in einer Produktion mit den Philharmonikern im Jahre 1997 das Ereignis wiederholte.

Das Publikum liebte ihn inzwischen, es gab Besucher, die sich an die Karajan-Serien im Musikverein erinnerten und uns bei diesem Vergleich lobten. Die Presse verfolgte seine Tätigkeit mit Interesse und Lob, stellte bald bei „seinem" Orchester (ich wiederhole, Chef war er nie, aber dem „Premier invité" stand kein weiterer Dirigent vor) einen positiven Wandel in Klang und Flexibilität fest.

Karajan und Prêtre, können Dirigenten sich gegenseitig schätzen? Der Kontakt zwischen beiden riss niemals ab. Sie hatten einen guten Schuss Respekt vor einander. Er rührte aus den Anfangszeiten an der Staatsoper, als Prêtre – damals noch ein „junger Kollege" für den großen Staatsoperndirektor – sich nicht zu schade war, Karajan im Dirigentenzimmer die miserablen Probenbedingungen vorzuhalten. Prêtre erzählte gern von dieser mutigen, ja selbstmörderischen Tat. Erstaunlicherweise hielt sich – im Unterschied zu manch anderem kritischen Kollegen, der in Salzburg „auf dem Index" landete – eine Art vorsichtiger Partnerschaft zwischen ihnen.

Einmal kurz vor einem Konzert betrat ich mit der Meldung, Karajan habe angerufen, das Dirigentenzimmer im Musikverein. Zu meiner Überraschung brach Georges in schallendes Gelächter aus und meinte, er ließe sich nicht hereinlegen. Es war der erste April. Meine ernsthafte Beteuerung führte dann zu einem Rückruf am nächsten Tag. Man habe sich großartig unterhalten, berichtete Prêtre, über Kleinflugzeuge (auch Georges ist im Besitz des Pilotenscheines, darf ihn nur wegen der Ängste der Gattin Gina nicht anwenden) und über schnelle Boote. Ja, auch über Musik habe man gesprochen, Karajan wolle ihn im nächsten Jahr in Salzburg.

Niemand weiß, dass Prêtre persönlichen Abschied von Karajan am Grab in Anif nahm. Im Oktober 1998, schon über das Ende der Symphonikerzeit hinaus, fuhren wir mit Dr. Böhm, seinem Agenten, von Graz nach Salzburg. Es war Prêtres ausdrücklicher Wunsch, vor der Ankunft in Salzburg zum Friedhof zu fahren. So standen wir vor dem schlichten Grab des bedeutendsten Mannes der Musik in der Nachkriegsgeschichte.

Günter Wand

Er gab nur ein kurzes, aber bedeutendes Zwischenspiel in Wien. Mit zunehmendem Alter werden die Orchesterleiter verständlicherweise vorsichtiger in der Wahl neuer und ihnen unbekannter Orchester. Wir wollen auch nicht verheimlichen, dass die Symphoniker sich in vergangenen Zeiten sehr unterschiedlich in künstlerischer Leistung und Kooperationsbereitschaft zeigten; einige Skandale, der Sawallisch-Abgang 1970, Giulinis Abschied, das Gebaren auf Tourneen, waren den Insidern nicht verborgen geblieben und führten auch zu den Warnungen, als ich nach Wien eingeladen wurde.

Günter Wand war vorher niemals vor einem Wiener Orchester gestanden, obwohl er in Salzburg während der Kriegszeit bereits Bemerkenswertes leistete. Lange bemühte ich mich um ihn, wollte diesen außergewöhnlichen Bruckner-Dirigenten mit Wiens Bruckner-Orchester zusammenbringen, stieß aber immer auf mir damals unmäßig erscheinende Probenforderungen („Wo wir doch den Bruckner mit der Muttermilch …!"). Diese führten auch zu Zurückhaltung bei den Konzertveranstaltern, denn die Anzahl der Proben war ein belastender Kostenfaktor.

Schließlich aber konnte ich den Musikverein überzeugen, dass man an diesem Dirigenten, der nach seiner Pensionierung als Gürzenichkapellmeister in Köln zu einer erstaunlichen Alterskarriere ansetzte, nicht vorbei gehen konnte.

Bruckner's Fünfte Sinfonie, die wir natürlich häufiger gespielt hatten, wurde von Grund auf neu und bei acht Proben intensiv genug einstudiert. Bei der siebten und achten Probe kam natürlich einiger Überdruss auf, vor allem bei den zweiten Geigen, aber was Günter Wand vom Orchester unnachgiebig forderte, war richtig und bewundernswert (eben: „So und nicht anders", wie sein Buch, herausgegeben von Wolfgang Seifert, mit recht festhält). In den Pausen kam Gattin Anita mit einem Butterbrot (der rheinische Ausdruck „Bütterchen" ist vielleicht der treffendere), wie immer kümmerte sie sich um all die Unannehmlichkeiten im Hotel und Restaurant, mit denen sich Reisende und künstlerisch Schaffende besonders schwer tun.

Denn das Reiseleben hat seine Last. Nicht nur bei den älteren Dirigenten hörte man immer wieder Klagen über die Matratze, die Decke, die Klimaanlage, den Aufzug, den Lärm, die Unhöflichkeit, den nachlässigen Service, die schlechte oder zu schwere Küche. Bedenken wir – und nicht nur das Kapitel Wand ist Anlass dafür, man könnte es ebenso bei Leinsdorf, Giulini, Roshdestwenski oder Eschenbach anfügen –, dass Künstler über die Hälfte des Jahres auf ihren gewohnten Komfort und die Harmonie der eigenen vier Wände verzichten. Da werden an die Umwelt erhöhte Ansprüche gestellt, nicht nur weil Musiker besonders kritisch oder empfindlich sind.

Aber wir waren bei Wands Proben. Es gibt die Wenig-Probierer, die auf die Spannung des Abends vertrauen, Hans Knappertsbusch war ein solcher Fall. („Sie kennen Brahms, ich kenne ihn, also auf heute abend!". Oder noch schlimmer, die bösen Doppelstriche bei Strauss-Walzern. Wiederholen wir nun oder nicht? „Herr Professor, das müssen wir aber proben!" Als dann am Abend die eine

Hälfte des Orchesters nach dem Doppelstrich weiterspielen will, die andere von vorn beginnt, kommt der brummige, laut hörbare Kommentar von „Kna": „Das habt ihr von eurer Sch…-Proberei!"). Orchester, die unter größerem Druck stehen als früher, können sich dies heute nicht mehr leisten. Auch Roshdestwenski musste gesagt werden, dass ein Konzert mit nur der Generalprobe nicht möglich sei. Der Ruf der Genialität bei Karajan bezieht sich auch auf die kurze, höchst konzentrierte, aber höchst wirkungsvolle, Probenzeit. Die Symphoniker schwärmen heute noch davon, wie Karajan genau wusste, welche Schlüsselstellen er wie zu proben hatte. Die Kunst besteht darin, die richtige Balance zwischen Proben und Aufführung zu finden (die Bemessung der Probenanzahl im Vorhinein geht meist im Einvernehmen mit dem Orchester). Die Proben spannend und lehrreich zu halten und dann im Konzert noch zuzulegen, auf der Basis der technischen Perfektion, mehr als ein Abspielen, ein echtes feuriges Musizieren zu erreichen, ist eines der Geheimnisse des Dirigentenberufes. Günter Wand war dazu in höchstem Mass fähig. Er verblüffte durch die persönliche, namentliche Ansprache jedes einzelnen Musikers (am Abend vorher hatte er die Spielbesetzung von mir gefordert, sein phänomenales Gedächtnis verhalf ihm zu diesem motivierenden Effekt), war unerbittlich, nichts ging ihm durch und – wie gesagt – einige zweite Geiger begannen zu stöhnen. Der Lohn des Konzertes war den Mühen angemessen. Die Vollendung einer heutigen Interpretation mit dem Anspruch „So und nicht anders" (s. o. erwähnte Wand-Biografie) ist nachzuvollziehen in den Maßstab gebenden Einspielungen, die von Wand vorliegen. Es ist das Beste, das wir der Nachwelt als Dokument moderner Interpretationsgeschichte hinterlassen können.

Ein solcher Dirigent musste dem Orchester erhalten bleiben. Wir fanden ein Datum bei den Bregenzer Festspielen 1985.

Um der Schwüle des Bodensee-Niveaus zu entgehen, dem Maestro zusätzlich den herrlichen Blick über den See zu verschaffen, brachten wir ihn und seine Gattin in einem Hotel oben am Pfänder unter.

Leider entwickelten sich die Fahrten zu den Proben und zum Konzert zu einer Belastung, zudem zeigte sich die Gastronomie nicht so zuverlässig, wie es ein akribisch planender Wand braucht. Um sechs Uhr nachmittags vor der Abfahrt zum Konzert gab er die ganze Zeremonie des abendlichen Zusammenseins in Auftrag. War es Pech oder schnödes Vergessen oder Überarbeitung vonseiten der Gastgeber, alles ging schief. Die Einleitungszeremonie Wodka, Brot und Butter, danach das Bier. Dies war die Freigabe für das nun folgende und vorher bestellte Menü mit Suppe, leichtem Kalbsschnitzel, Nachtisch, Zigarre. Es ging völlig daneben. Zunächst kam das Bier, das verschalte, dann ein warmer Wodka, die Butter kam erst auf mehrfache Reklamation, das Schnitzel erhielt der Maestro schließlich, als alle anderen schon gegessen hatten. Es war zum Verzweifeln. Und dies nach einem so beglückenden Konzert!

Da ist auch die menschliche Erkenntnis vergeblich, dass vielleicht gerade diese akribische Planung meist Fehlleistungen anderer verursachte, eben da sie so „pingelig" (sagt der Rheinländer Wand) unternommen wurde.

Ähnlich erging es ihm, als er mit dem RSO Berlin auf ein Gastspiel nach Wien kam und im Imperial abstieg. Hier wurde ich von der stets besorgten Frau Direktor Gruder vom Musikverein an einem ruhigen Sonntagnachmittag (sie lebte 365 Tage in „ihrem"

Hause) um Hilfe gebeten. Sie drückte sich in einem Telefonat so aus: „Herr Doktor, Herr Doktor, sie müssen uns helfen. Der Wand will nicht dirigieren. Ihm ist im Imperial das Oberlicht auf den Kopf gefallen, jetzt liegt er mit Gehirnerschütterung im Bett. Bitte reden's mit ihm...!"

Welche Tragödie dahinter steckte, kann man sich mit einiger Phantasie vorstellen. Günter Wand, anfällig für Zug, steigt nach mehrfachen telefonischen Beschwerden, die ohne Wirkung blieben, seinem rheinischen Temperament folgend selbst auf einen Stuhl, um das Oberlicht in seinem Zimmer zu schließen. Das knallt ihm auf den Kopf, Gattin Anita versorgt ihn dann im Bett mit Eisbeuteln.

Das Konzert fand statt, das RSO Berlin erntete mit Schuberts Neunter einen Achtungserfolg. (Dies ist bei der bekannten Haltung der Wiener Presse kein Sonderfall. Für den Wiener Kritiker bestehen zunächst die Könige, die Philharmoniker, nach einigem Abstand folgen dann die Symphoniker, die weiteren Gastorchester werden mit aller bissigen Kennerschaft behandelt, der ein Krauss-geschulter Musikschriftsteller fähig ist.)

„Frühling in Wien"

Wenn die Philharmoniker durch ihre „Parsifal"-Proben in der Staatsoper gebunden waren, die Osterfestspiele Karajan nach Salzburg riefen, dennoch ein Großteil der Touristen ins frühlinghafte Wien strömte, war Zeit für ein musikalisches Programm „Frühling in Wien" nach der Melodie von Robert Stolz, das den Charme der Stadt ausbreitete für die vielen Besucher, die auch einmal den berühmten goldenen Saal des Musikvereins außerhalb der Neujahrskonzerte sehen wollten. Auch das Österreichische Fernsehen zog mit, das damit eigene und Programmnöte anderer Fernsehanstalten für die Feiertage löste.

Dabei hätten die Symphoniker – und damit enthülle ich etwas für Wien Ungeheuerliches – die Möglichkeit gehabt, ein Neujahrskonzert jedes Jahr in der neu erbauten Suntory-Hall in Tokio zu spielen. Für Wien und die Philharmoniker sowie den ganzen Verband angehängter Fernsehsendungen hätte das den Abschied vom langjährigen Profit auf dem gesamten asiatischen „Musikmarkt" bedeutet: Keine Japaner, die zum Jahreswechsel in die Musikhauptstadt kommen, keine Japaner, die das größte und zahlungskräftigste Publikumsreservoir sind, keine Fernsehanstalt aus dem Osten, die dem ORF die Senderechte teuer abkauft, das Schallplatten- und Video-Kassetten-Geschäft erheblich gestört. Die neuen Manager der neuen Konzerthalle des Suntory-Bierfabrikanten Saji, die sich nicht nur mit den Maßen des Musikvereins das Modell Wien nach Tokio holen wollten, kontaktierten mich während einer Japan-Reise. Ich witterte das große, in seinen Ausmaßen noch nicht absehbare, Geschäft und fühlte mich an die Zeiten erinnert, als die Symphoniker in der Nachkriegsnot geschlossen nach Südamerika auswandern wollten. Doch die Verhandlungen über ein alljährliches Neujahrskonzert in der Suntory-Hall entschieden sich glücklicherweise schon beim ersten Hindernis. Die alljährliche Aufführung der Neunten Sinfonie von Beethoven im Konzerthaus, ernsthafter Gegenpol des philharmonischen Ereignisses im Musikverein am Jahreswechsel, wäre zweifellos gefährdet gewesen. Es konnte das traditionell fein ausgestimmte Gleichgewicht im Wiener Musikleben nicht in Frage gestellt werden. In Zuneigung zu ihrer Stadt – ahnte vielleicht auch jemand die Folgen über die Absage der Neunten hinaus? – entschieden die damaligen Vorstände der Symphoniker gegen Tokio.

Sicher konnten wir mit dem Konzert „Frühling in Wien" weder die Ausstrahlungsrekorde noch die Honorare des Neujahrskonzertes erreichen. Das „Fernsehgeld" für die Mitglieder des Orchesters, die dieses Geld aufgrund der Vertragslage direkt bekamen, war bei weitem niedriger, aber eines hatten wir, das – die Musik einmal ausgenommen – mehr war als das Neujahrskonzert: der Blumenschmuck der Blumenhändler von San Remo, finanziert von der Region Ligurien und einer Genueser Bank. Tage vor dem Konzert glich der Musikverein mehr einem Treibhaus mit kühl gehaltenen Räumen für eine LKW-Ladung Blumen unterschiedlichster Art. Anturien, Forsythien, Fresien, Sterilen, Gerbera, Lilien, Narzissen, Nelken, Orchideen, Ranunkeln und Rosen, Rosen, Rosen. Aldo Alberti, Chef der Blumenhändler, hatte die ganze Familie organisiert. In den Abendstunden nach den Fernsehproben, die den

Saal aufheizten, schmückte man den Saal bis tief in die Nacht, in all den Jahren in immer neuen geschmackvollen Variationen, die jedesmal den Mitarbeitern des Fernsehteams wie auch des Musikvereins neue Lobeshymnen entlockten. Dafür wurden sie auch von Signora Alberti mit einem Sträußchen extra für Zuhause belohnt. Für das Publikum war dieser Blumenschmuck am Ende des Konzertes zur Plünderung freigegeben und all die so geschmackvoll zusammengestellten Blumengestecke fielen barbarischen Schändern zum Opfer, einen „gerupften" Saal hinterlassend, ein Abbild der Katerstimmung nach einem erfolgreichen Konzert.

Am Beginn des ursprünglich einzigen Konzertes am Ostersonntag (aufgrund des Erfolges schufen wir ein Vorkonzert am Ostersamstag) verteilte die Familie Alberti beim Betreten des Saales herrliche Baccara-Rosen. Die hielten nun leider die Hitze des Fernsehkonzertes über die Länge des Programmes nicht aus und knickten schon zur Pause die Köpfe. Darum verpflanzten wir die Rosenaktion mit einer gehörigen Portion Reklame auf die Kärntnerstraße, um am Vormittag des Ostersonntag für unser zweites abendliches Konzert zu werben, wenn die Oster-Touristen die Stadt bevölkerten. So gelang es, auch dieses Konzert voll auszulasten.

Die Programme entsprachen dem Titel „Frühling in Wien" mit Ergänzungen aus der philharmonischen Neujahrserfahrung. Melodien von Strauss bis Stolz, kurze Titel, die gut gebaut werden mussten. Hier als Beleg das Jubiläumsprogramm 1980 unter der Leitung von Wolfgang Sawallisch:

1. Fledermaus-Ouvertüre, Die Libelle
2. Jockey-Polka, Frühlingstimmen-Walzer

3. Annen-Polka, Ägyptischer Marsch
4. Geschichten aus dem Wienerwald
    Pause
5. Radetzky-Marsch, Kaiserwalzer
6. Auf Ferienreisen, Plappermäulchen
7. Auf der Jagd, Feuerfest-Polka
8. An der schönen blauen Donau.

Sogar den ersten Teil von Berlioz „La Damnation de Faust" (dieser spielt sinnigerweise am Ostermorgen) mit dem wunderbaren Tenor Nicolai Gedda brachten wir zur Freude des Publikums und zum Ärger des Fernsehens, das eigentlich nur ein Niveau der Neujahrskonzerte anstrebte. Die Chefs von Giulini bis Prêtre über Roshdestwenski hatten alle dieses Konzert schon aus Gründen der Öffentlichkeitsarbeit zu dirigieren. Bei Giulini zeugten die Brahms'schen Ungarischen Tänze für die Ernsthaftigkeit des Maestro, Prêtre signierte mit Berlioz (s. o.), Roshdestwenski bastelte ein kunst- und entdeckungsreiches Programm (mit seiner Gattin am Klavier natürlich). Den Rekord innerhalb der elf Jahre meiner Beobachtung hielt Heinz Wallberg. Er dirigierte das erste dieser Konzerte 1973, außerdem zwei weitere. In seinem Kapitel mehr darüber.

Heinz Wallberg

Westphalia non cantat, wurde mir in die Wiege gelegt (ich bin dort geboren). Nicht nur Heinz Wallberg ist ein Gegenbeweis.

Seine Berufsstationen führten ihn von Wiesbaden nach Wien. Hier wurde er Chef des Niederösterreichischen Tonkünstlerorchesters, das in der Entstehungsgeschichte viele Berührungspunkte mit den Symphonikern aufwies. Außerdem war er Generalmusikdirektor in Essen, seiner Heimatstadt.

Der Westfale verstand den Schmäh, damit wurde er der bevorzugte Dirigent für die Konzerte „Frühling in Wien". Mit ihm waren unterhaltende Programme zu bauen, die auch dem Fernsehen und seinem breiten Publikum gefielen. Sein Charme in der Darstellung dieser Musiken vor dem Publikum war umwerfend. Ein Trick sollte uns besonders interessieren, da wir uns über „das Instrument des Maestro", den Taktstock, schon Gedanken machten. In den zahlreichen (durch die Kürze der Stücke bewirkten) Auf- und Abtritten bei den vom Fernsehen beobachteten Konzerten verbarg er den Taktstock im Ärmel. Ein Schwung des Armes zauberte den Stock aus dem Arm, und war für das nächste Stück bereit, ohne erst lange auf dem Notenpult herumgrapschen und suchen zu müssen.

So erfolgreich sich Wallberg bei den Konzerten zeigte, so gut „verkaufte" er sich auch an die professionelle und politische Umwelt. Er sammelte Auszeichnungen und Orden. Aber er tat dies mit sympathischer Offenheit, „das gehört dazu", meinte er.

Wenn man die Programme, die die Chefdirigenten der Symphoniker für diesen Bestseller (es war schließlich ein zweimal ohne Abonnement-Absicherung verkauftes Konzert, s. Kapitel „Frühling in Wien") absolvierten, vergleicht mit Wallbergs süffigen, musikalisch reizvollen, spritzigen Abläufen, könnte am meinen, in Westfalen müsse der beste Wein wachsen.

Thema Solisten:
Elisabeth Leonskaja

Die Wiener Position zwischen den politischen Machtblöcken gestattete, häufiger russische Künstler nach Wien zu holen. Neben den außergewöhnlichen wie Swjatoslaw Richter, Mstislaw Rostropowitsch und Emil Gilels wurden uns immer wieder junge Talente vermittelt. Die Cellistin Natalia Gutmann gehörte ebenso dazu wie die damals völlig unbekannte, aber sehr einprägsame Pianistin Elisabeth Leonskaja.

In ihrem Land wurden die russischen Künstler nicht immer gut behandelt, vor allem wenn sie nicht linientreu waren. Elisabeth Leonskaja hatte aber besonderen Grund, der Sowjetunion zu grollen.

Sie war von Goskonzert, der staatlichen Agentur, über die wir schon beim Engagement Roshdestwenskis berichteten, wie alle jungen und nicht politisch folgsamen Musiker „übers Land geschickt worden". Dazu stammte sie aus Tiflis, war als Georgierin besonders verdächtig. Im Sinne von „Kunst fürs Volk" wurde sie ohne Rückfrage delegiert, bekam einen Zettel, auf dem die Reihenfolge verschiedener Städte in Sibirien stand, die Fahrkarte wurde ihr ausgehändigt, und so musste sie sich allein von Konzertsaal zu Konzertsaal durchschlagen. Am Bahnhof wartete niemand, sie fand den Weg zum nächsten Gasthof, versuchte den Saal ausfindig zu machen, in manchen Hotels gab es sogar ein Klavier zum Üben.

Am Abend dann kamen ein paar Leute, die es schafften, sich für die Musik freizumachen und beklatschten ihre Versuche, dem meist ruinösen Klavier Harmonien zu entlocken. Wir fühlen uns an die Zustände Piatigorskys erinnert, beschrieben im Buch „Mein Cello und ich". Diese Touren hätte man einmal unseren westlichen Künstlern zumuten müssen!

In Wien hatte sie sich sehr schnell in die Herzen der Zuhörer gespielt, aus der offiziellen Elisabeth wurde sehr bald die beliebte Lisa. Ihr Talent, ihre Wärme, schufen ihr einen menschlichen Rückhalt, den eine sensible Pianistin braucht. Beim dritten Konzert in einem Zeitraum von etwa zwei Jahren beherrschte den Konzerthaussaal eine eigenartige Spannung. Nach ihrem Auftritt wurde sie, wie so häufig, frenetisch gefeiert, dann gab man ihr einen Blumenstrauss – nicht den üblichen – es war die Ankündigung des österreichischen Passes.

Sie blieb von da an in Wien.

Giuseppe Sinopoli

Am 21. April 2001 lief die Nachricht von seinem frühen Tod am Dirigentenpult durch die erschrockene Welt. Er war im dritten Akt einer Aida-Aufführung in Berlin zusammengebrochen: ein Infarkt, wie ihn Dirigenten wegen der ständigen Kreislaufbelastung am Opernpult fürchten. Clemens Krauss (in der dünnen Luft Mexikos – manche Dirigenten meiden darum Konzerte in Mexiko-Stadt), Charles Münch, Dimitri Mitropoulos, Fritz Lehmann, Hermann Scherchen, Joseph Keilberth (während einer „Tristan"-Vorstellung in München), Kurt Wöss erlitten diesen Bühnentod.

Bei allem Respekt („... de mortuis ..."), aber auch mit der zur Wahrheit verpflichteten Offenheit des Berichterstatters soll daher Sinopolis erste Begegnung mit dem Wiener Orchester erwähnt werden. Der heute aufgrund seines frühen Todes hochgerühmte – geplante Bindungen in Dresden, Bayreuth, Salzburg und Berlin hätten ihn zum Herrscher eines Karajan-ähnlichen Reiches gemacht – hatte einen ungewöhnlich problematischen Beginn in seiner dirigentischen Tätigkeit.

Denn am Anfang galt der promovierte Mediziner, Psychologe und Archäologe in Fachkreisen als Dilettant. Da befand er sich lediglich als Komponist auf der Straße der Musik. Seine hohe Intelligenz und seine überproportionale Sensibilität standen der notwendigen handwerklichen Erfahrung entgegen, vielleicht suchte er deshalb ständig den Konflikt. Sinopoli machte es weder sich selbst noch den anderen leicht.

So sehr er also durch seinen plötzlichen Tod geadelt wurde, so wenig darf man die Anfänge vergessen. Hier nun waren die Symphoniker Zeugen eines blamablen Vorganges. Es ereignete sich bei den Probenarbeiten zu Mahlers zweiter Sinfonie. Sinopoli war nicht in der Lage, die rein handwerklichen Voraussetzungen für eine klare Zeichengebung zu erfüllen. Mit Tränen in den Augen unterbrach er die Probe, verließ fluchtartig das Podium, zog sich in sein Dirigentenzimmer zurück und gab dem unwilligen Orchester die Schuld am mangelnden Verständnis. Keiner der Umstehenden hatte je einen solchen Zusammenbruch aus solch deutlichem Versagen erlebt. Das Konzert war kurz vor der Absage. Aber der kluge Anfänger meisterte den absoluten Abbruch und brachte im Konzert dem Zittern der Mitwissenden zum Trotz die Sinfonie Mahlers zu einem Ende, das von einigen als Sensation, von anderen als Reinfall gewertet wurde. Jedenfalls ging seine Karriere unter den misstrauischen Blicken vieler Etablierter weiter. In London, in Rom begann er großmundige Verträge, die meist nach wenigen Monaten im Nichts endeten. Für den Stuttgarter Rundfunk leitete er 1980 die Suiten 1 und 2 aus seiner Oper „Lou Salomé" und erhielt einen weiteren Kompositionsauftrag, den er jahrelang zum Anlass von Zusagen als Dirigent machte, aber nie ausführte.

In Dresden fand er die seelische Heimat in einem mit viel Idealismus erfüllten Auftrag der Aufbauarbeit für die Staatskapelle (1992) und Oper, Bayreuth schließlich sicherte dem teils anerkannten, teils immer noch umstrittenen Maestro 15 Jahre lang die letzten Weihen zu seiner internationalen Spitzenlaufbahn.

In Wien jedenfalls ist er nach dieser ersten Schlappe so bald nicht wieder zu hören gewesen, ja man hatte den Eindruck, er belege alle Eingeweihten seiner Schmach mit einem Fluch.

Thema Solisten:
... als Dirigenten

Nicht die „Akademiker" sind gemeint, diejenigen, die an der Hochschule Komposition, Dirigieren und ein Orchesterinstrument gelernt und dann die berühmte Ochsentour vom Korrepetitor zum Kapellmeister über den Chordirektor mitgemacht haben. Hier ist von den Quereinsteigern aus dem Orchester und vom Solistenpodium die Rede:

Ein erstaunlich großer Teil hat irgendwann einmal so angefangen. Ob Toscanini, Pierre Monteux, Charles Münch, Eugen Ormandy, John Barbirolli, Hermann Scherchen, Antonio Guarnieri, Tullio Serafin, Franco Ferrara, Josef Krips, Carlo Maria Giulini, Rudolf Baumgartner, Rudolf Barschai, Colin Davis, Serge Baudo, Vaclav Neumann, Pinchas Steinberg, Nicolaus Harnoncourt, Walter Weller, Neville Marriner, Ingo Metzmacher..., alle strebten danach, sich aus dem Orchester zu lösen, die eine Stufe auf das Treppchen zu treten.

Manchmal war das geplant, meist ein Zufall, eine Erkrankung, ein Einspringen. Damit waren die Widerstände gegen dieses „Selbsterhöhen", meist aus dem eigenen Orchester zu erwarten, am ehesten zu überwinden und in Dankbarkeit für ein gerettetes Konzert umzumünzen.

Eine weitere Spezies sind die Solisten, die sich den Dirigenten „sparen" wollen. Sie bauen dabei auf ein Phänomen, das ich mit dem zunächst irritierenden Wort „Hund ohne Leine" charakterisieren möchte. Tatsächlich benimmt sich ein Hund frei von der Leine seiner Herrschaft gegenüber anders, freier, unabhängiger, doch anhänglicher. Er genießt seine Freiheit, beobachtet aber viel intensiver sein Herrchen und kommt häufiger wieder zurück, um zu kontrollieren, ob alles noch im Lot ist. Er kann seine „Hundequalitäten" besser ausspielen. Mit der gelösten Leine ist die Beziehung zwischen den beiden deutlicher und intensiver.

Seit den Zeiten des großen Edwin Fischer hat man sich an den Einstieg für Pianisten ins Dirigentengeschäft gewöhnt, da man beim Klavierkonzert vom umgedrehten Flügel aus – ins Orchester gerichtet – immer noch vor und zwischen der eigenen pianistischen Tätigkeit den Orchestermusikern Takt vermitteln kann. Wenn man die ehemalige Pianistenrolle vergisst, hat man es geschafft. Dies trifft auf Daniel Barenboim und Christoph Eschenbach inzwischen am ehesten zu. Kein Zweifel, dass sich gerade diese als ausschließliche Dirigenten besonders für Begleitkonzerte eigneten, auf den Partner besonders eingingen. Im Wechsel zwischen Pianistenhocker und Dirigentenpult führen Tzimon Barto und Christoph Eschenbach als Pianisten-Dirigenten allerdings eine Show unerträglicher Art mit den Klavierkonzerten von Brahms auf: Barto leitet und Eschenbach spielt das erste, Eschenbach leitet und Barto spielt das zweite Klavierkonzert von Johannes Brahms. Ein schwer verdauliches Gericht.

Große Geigerpersönlichkeiten beginnen den Weg zum Dirigentenpodest meist mit dem eigenen Ensemble wie Rudolf Barschai, Vladimir Spivakov, Gidon Kremer oder Salvatore Accardo.

Unter Österreichs Jung-Musikern war Heinrich Schiff der bekannteste, weil begabteste. Neben seiner genetisch-musikalischen

Doppelbelastung (beide Elternteile waren Musiker), spielen ihm seine hohe, ironisch-kritische Intelligenz, seine rhetorische Begabung und sein cholerisches Temperament manchen Streich. Seine musikalische Besessenheit drängt ihn zu strapazierenden Kraftanstrengungen. Daher kommt es im Zusammenprall aller charakterlichen Eigenschaften in Stresssituationen öfter einmal zu Explosionen, die seiner Beliebtheit schaden.

Wir nahmen ihn mit auf die Japanreise, um unserem Auftrag gemäß junge österreichische Musiker vorzustellen. Haydns D-dur Konzert war ausgemacht, mehr wollte man offensichtlich nicht von ihm, er langweilte sich schon vorher. Da aber bei den ersten Proben auch Dirigent Eschenbach sich fragte, ob sich das zu dirigieren lohne, wurde es für Heinrich Schiff interessanter, da ihn die Aussicht auf den dirigierenden Solisten bei den Symphonikern lockte. Aus Zeitgründen konnten jedoch die Proben mit dem Solisten erst in Japan stattfinden, so dass ein unmutiges Orchester (glücklicherweise in kleinster Besetzung!) einem unsicheren Schiff in irgendeinem Zufallssaal in Tokio gegenübersaß, um dieses „ach so einfache" Stückchen einmal durchzuspielen. Beide Seiten kamen noch ins Schwitzen. Zweimal am Anfang der Tour, einmal genau in der Mitte und dann nach zwei freien Tagen für den Solisten noch einmal „in der Provinz" war Haydns Konzert vorgesehen. Schon Schiffs späte Anreise nach Japan verriet Unlust, und an dem ersten freien Tag gegen Mitte der Reise nahm Heinrich mich mit auf eine Wanderung am Meer (wir waren im Norden in Akita), um mir seinen Entschluss einer vorzeitigen Abreise mitzuteilen. Am Tag darauf löste er sich aus dem Reiseverband und verschwand Richtung Flughafen Tokio, in unserer Not erfanden wir die Geschichte eines Badezimmerunfalls mit Armverstauchung. Für das Konzert sprang

Eschenbach ein, indem er zusätzlich neben der üblichen Aufgabe des Dirigenten auch die des Solisten bei einem Klavierkonzert von Mozart übernahm. Erfreut waren die japanischen Veranstalter-Kollegen nicht (s. Kapitel oben „Reisen in Japan")!

Lange Zeit vernahm ich von Heinrich Schiff nur mehr Zeitungsmeldungen, nach etwa einem Jahrzehnt hatte ich wieder Gelegenheit, ihn zu hören und hatte den Eindruck, dass in seiner Interpretation ein Zug zum Schönen zu erkennen war, nachdem er früher – durchaus berechtigt und überzeugend – jedes Stück bewusst ruppig „gegen den Strich" bürstete. Seine ungezügelten Jahre als Solist muss er also überwunden haben. Schiffs überbordende Musikalität führte ihn zudem – und offensichtlich nach den Erfahrungen mit den Symphonikern – immer mehr ans Dirigentenpult.

Bei Sängern, die zum Dirigentenpult drängen, kommt schnell der Verdacht einer Alterssicherung auf. Richard Tauber soll ein ausgesprochen professioneller Dirigent gewesen sein. Peter Schreier profitiert von seiner umfassenden Ausbildung im Dresdner Kreuzchor und am Dresdner Konservatorium. Fischer-Dieskau oder Placido Domingo haben einige beachtete Versuche unternommen, fühlten sich anscheinend jedoch nicht ermutigt.

Die Verführung, mit Körperbewegungen zum Klang der Musik zu kommen, ist zwar verständlich (und auch richtig, wenn wir die Koordinierungsbemühungen mit dem Körper bei Solisten oder dem Konzertmeister beobachten), hat aber mit dem von uns gemeinten wenig zu tun. In dem Kapitel „Orchester, Dirigent, Manager" wurde versucht, ein Persönlichkeitsbild des Dirigenten zu finden. Hier soll das „Hand"-werk (im wahrsten Sinn des Wortes) herausgestellt werden. Nicht nur die Taktangabe mit den bekannten Ruderbewegungen auf zwei, drei oder vier, mit der von vielen belachten Kontrolle im Spiegel, die geniale Gabe, durch Körpersprache ein visuelles Notenbild in ein Klangbild umzuwandeln und auch beim Orchester durchzusetzen (bei Roshdestwenski besonders zu bewundern), die Instrumentierungskunst der Komponisten nachzuempfinden, dramatische Wechsel im Fluss der Partitur vorauszuahnen und dem Orchester mit den eigenen Körperbewegungen anzukündigen, schließlich trotz der „Inaktivität" mitzubrennen, das Angebot des Orchesters zu steigern – all dies ist begnadetes Handwerk und bedeutet die eine Hälfte der Qualifizierung eines Dirigenten.

Bleibt festzuhalten, dass Solisten all zu gern ihr Instrument mit dem Dirigentenstab tauschen und dass dennoch einige Zweifel angebracht sind, sieht man mit kritischem Blick auf die Karrieren von Wladimir Ashkenazy, Mstislav Rostropowitsch, Dietrich Fischer-Dieskau ...

Die Bregenzer Festspiele

Die Not erfand Bregenz für die Symphoniker, die Symphoniker für Bregenz. In Wien, der viergeteilten Stadt zur Zeit des dritten Mannes, gab es trotz der großen – für diese Verhältnisse typischen – Konzertnachfrage für die Mitglieder des Orchesters wenig zu essen. So kam 1946 die Initiative aus Vorarlberg einer Verheißung „Kunst zu Butter" gleich.

Zur Zeit meines Dienstantritts, mehr als dreißig Jahre später im Jahre 1977, war diese gegenseitige Rettung aus der Not Sache der älteren Musikergeneration und damit pensionsreif. Die Beschwörungen der Vergangenheit und die Erinnerung an gegenseitige Dankbarkeit wurden bei jeder Festspieleröffnung leerer. Die Aufgaben eines modernen Massen-Festivals, vierzehn Vorstellungen auf dem See von anfechtbarer Operetten-Qualität mit unzumutbaren Aufführungsbedingungen – dies auch im Konzertbereich, bis das Festspielhaus im Jahre 1980 eröffnet wurde (s. auch Kapitel „Die Wiener Symphoniker im Jahre 1977"), widerstrebten den Gralshütern eines Kulturorchesters. Sogar Giulini als dessen hehrer Chef wurde zugunsten der Bregenz-Verweigerer instrumentalisiert. Das Orchester war sichtlich zweigeteilt.

Der unpassende Rollentausch zwischen Orchestervorstand – Prof. Herbert Wegricht hatte sich zum Vorkämpfer für Bregenz erklärt – und dem Funktionär des Vereines, der von der Gegenpartei als Richter der Belastungsgrenze der Musiker angerufen wurde, zwischen Verantwortung für das Orchester und der für die Festspiele mit deutlichen Grenzen der Zumutbarkeit auf beiden Seiten, führte zu vielen gereizten, Bodensee-schwülen Gesprächen, Treffen, Diskussionen, die allesamt im barocken Prunk schwerer Essen in den blühenden Lokalen Vorarlbergs oder gar auf dem See, dem stillgelegten und heute wieder flottgemachten Raddampfer „Hohentwil", ausgetragen, besser gesagt: „erstickt" und „ertränkt" wurden. Dazu belastete die typische Festspielhysterie alle Beteiligten, das Büro des Direktors wirkte ebenso mit wie die Kurzangestellten der Technik. Der schwüle Sechswochen-Druck nach zehnmonatiger provinzieller Ruhe, der Einfall von mehr als tausend Mitwirkenden (Orchester, Chor, Solisten, Tänzer, Statisten) in das kleinste Bundesland, kleinstädtische Intrigen und die künstlerische Halbwelt schufen ein Klima, das schon im achten Jahrhundert ohne diese Zugaben der Festspielstadt unter dem Vorwurf des Schlangennestes zur Trennung der beiden Heiligen Gallus und Kolumban geführt haben soll.

Die vertraglichen Bedingungen der Mitwirkung des Orchesters im westlichen Teil Österreichs waren unter Einflussnahme des Vorstandes zwiespältig formuliert und festgelegt. Statt der Butter in den Nachkriegsjahren fettete nun das Einspielergebnis des Orchesters die magere Bilanz in Wien auf und stopfte jedem Anti-Bregenzer den Mund. Dazu spielten die Symphoniker in Bregenz nicht nur ihre Konzerte im Orchesterverband oder als Privat-Ensemble, sie spielten auch eine tragende Rolle in der gesamten künstlerischen Gestaltung. Der Symphoniker-Platz vor dem neuen Festspielhaus als Etikette für Mitsprache im Kuratorium der Festspiele sorgte für die Verpflichtung manchen Künstlers, sei er nun Dirigent oder Darsteller.

Das Spiel auf dem See – mit welcher Aufführung auch immer – kann ein wunderbarer Abend sein, die Musik über die Lautsprecher überall gut hörbar, der Winkel in der Ecke des Bodensees mit dem Pfänder im Hintergrund, Musik und Natur im Einklang. Aber wehe, Musik oder Natur spielen ihren eigenen Part. Der Kampf auf der kleinen, inzwischen mit Beton gebauten Insel vor dem Publikum, die Entfernungen, die großen Massen, die Bühnentechnik in Licht und Ton, der Einbezug des Wassers mit Bootsfahrten oder Wasserballett und die Harmonisierung all dieser teuflischen Details unter einem vor Kreativität sprühenden Regisseur bedarf langfristiger Planung, unendlicher Proben und der Einsicht, dass eigentlich erst nach der dritten Aufführung alles so abläuft, wie es soll. Noch heute höre ich die verzweifelten Rufe des Dirigenten Antonio Guadagno bei den Proben zu Puccinis „Turandot": „Friiitz!", wenn mal wieder nichts zusammenging, der Chor das Orchester, das Orchester die Solisten nicht hörte. „Friitz!" Gemeint war der Toningenieur, dessen Kunst über die Mikrophone und Lautsprecher alles versöhnen sollte.

Die Ansprüche an die Technik der Bühne, die Wunder der künstlichen Welt auf Kommando und nach musikalischem Einsatz zum Sprengen, Knallen, Verwandeln zu bringen, verlaufen am Rand des musikalisch, technisch, arbeitsrechtlich und juristisch Möglichen. Ein technischer Direktor verantwortete sich nach dem tödlichen Unfall eines Mitarbeiters vor Gericht. Ein Ballett-Tänzer, die Truppe kam aus Prag, sitzt seit seinem Unfall auf rutschigem nassen Bühnenboden im Rollstuhl.

Aber mit dem neuen Festspielhaus kann man die Aufführung ins Trockene verlegen, die Bodenseelandschaft auf die gestrichene Kulisse projezieren, das Ballett, die Statisten, die riesigen Auftritte halbieren für das Theater drinnen. Es bleibt die Hälfte. So hat der Wetterwart, ein jeweils wechselnder hochrangiger Funktionär der Festspiele, eine verantwortungsvolle Aufgabe. Der Flughafen von Zürich mit seinem meteorologischen Dienst ist an den Festspieltagen wichtiger als manche künstlerische Entscheidung über einen Auftritt von links oder eine punktierte Note.

Bewundernswert bei all dem ist besonders das Durchhaltevermögen der Honoratioren, an vorderster Stelle des Bundespräsidenten, unter dem Regenschirm mit Wolldecken über den befrackten Schultern, wenn wieder einmal eine Eröffnung auf dem See trotz zwiespältiger Wetterberichte durchgezogen wurde.

Ein Fachmann sagte einmal, Open-Air-Festivals nördlich der Alpen seien eigentlich nicht möglich. Er hatte wahrscheinlich südlich der Alpen in Verona noch niemals eine durchfeuchtete Aida nachts um drei sterben sehen.

Darum mußten die Bregenzer Festspiele wasserdicht gemacht werden, das neue Haus war eine existentielle Notwendigkeit.

Mit den neuen baulichen Errungenschaften änderte sich vieles. Die Büros des Direktors, die gesamte Festspielverwaltung wuchs aus der kleinstädtischen, mittelständischen Atmosphäre heraus. Die Proben- und Aufführungsbedingungen wurden nicht mehr zum Reiz- und Belastungspunkt in der Schützenhalle (mit „Klimaanlage" durch die Feuerwehr, die zur Kühlung Löschwasser auf das dünne Dach spritzte) oder im engen Theater am Kornmarkt. Jetzt wurden die Voraussetzungen geschaffen, das Festival mit der größten Resonanz in Österreich endlich angemessen auszustatten. Und dazu gehörte auch das eigene Personal.

Die oft bewundernswerte Energie des altgedienten Festspieldirektors Ernst Bär erschien manchem aufdringlich. Bär, ein Mann der ersten Stunde, schien sich der Neuen Zeit nicht mehr anpassen zu können. Er stolperte über eine Bagatelle, Anlass und Ursache liegen auseinander. Bär war wohl schon zu lange im Amt. Er hatte die Bregenzer Festspiele so weit gebracht, nun sollten sie ohne ihn weiter den Weg im internationalen Festspielzirkus suchen.

Diesen Weg fand der neue Festspielpräsident Rhomberg, der Sohn des alten, ebenso verdienten, in einer doppelten Führung. Hier ein künstlerischer, dort ein finanzieller Direktor. Diese Lösung nun, mit Fachleuten besetzt, lässt Bregenz und seine Festspiele seit fast zwanzig Jahren allen Anfechtungen zum Trotz weiter blühen. Die neue Leitung hatte Erfolg beim Publikum mit sensationellen Aufführungen auf dem See (man denke nur an die „Zauberflöte" in der Regie von Jérôme Savary), die man zweijährig kostensparend verlängerte und mit der jährlichen anspruchsvollen Opern-Ausgrabung, die akustisch und technisch das Festspielhaus als gelungene Opernbühne unter Beweis stellte.

Von der Operette bis zur großen Oper (von „Zigeunerbaron" bis „Fidelio", sogar der „Maskenball" und „Bohème") gelang alles und das Publikum belohnte Bregenz mit ständig steigenden Besucherzahlen.

Das Kontrafagott – ein Minenwerfer?

oder kriegerische Töne beim Friedenskonzert in Beirut

Musik ist eine harmoniesüchtige, Frieden stiftende Kunst. Zwar haben Janitscharen-Kapellen und wilhelminische Blasorchester immer wieder versucht, den Kampfeswillen ihrer Krieger zu steigern, Trompeten-Signale verkünden „Angriff" oder „Rückzug", auch untermalen heute noch in meist amerikanischen Filmen zünftige Blechklänge das Heldentum der GI's. Doch lassen wir uns nicht davon abbringen: Musik hat heilende und versöhnende Wirkung, Psychologen und Milchbauern „können ein Lied davon singen".

Die Wiener Symphoniker wurden bei ihrem sogenannten Friedenskonzert in Beirut inmitten der Zeit des Bürgerkrieges im Libanon (1975 bis 1991) belehrt, dass auch harmlose Musikinstrumente kriegerischen Zwecken dienlich sein können. Als die ersten Ideen zu einem solchen Konzert durch den Kreis der Verantwortlichen liefen, rüttelte man kräftig am Selbstverständnis der Musik, an der Aufgabe eines Symphonieorchesters, an den Pflichten eines österreichischen Bürgers nach zwei Weltkriegen.

Es bedurfte schon massiver politischer Einflussnahme, diese Botschafterrolle der Musiker in einem vom Bürgerkrieg geschüttelten Land, das gerade jetzt von der israelischen Invasion „heimgesucht" war, durchzusetzen. Schließlich hatten alle österreichischen Musiker noch die durchgestandenen Kriegsjahre in direkter und die davor liegenden bürgerkriegsähnlichen Zustände im Wien der Zwanziger- und Dreißigerjahre in überlieferter Erinnerung.

Ein neutrales Land zwischen den Machtblöcken, dazu mit den rot-weiß-roten Landesfarben, die auch die österreichische Fahne schmücken, verlangte nach unserer Hilfe. Die Musik sollte den Weg dazu ebnen, die Musik erhielt, wie schon lange nicht mehr, eine politische Funktion.

Mein privates Telefon stand nicht still, in den Tagen vor dem Abflug mussten selbst als besonnen bekannte Symphoniker beruhigt und versichert werden. Das Wagnis „Konzert in Beirut" hatte seinen Sensationswert, aber sicher auch seine Gefährlichkeit. Beides war den Verantwortlichen – hier rückten natürlich die Diplomaten und Politiker nach vorn – bekannt. Die Frage, wer hinderte einen fanatischen Araber, eine Bombe in den Saal oder unter den Bus zu werfen, durfte sich jedoch schon aufgrund der Planung der Konzerte nicht ergeben. Dr. Willy Rellecke, Schulfreund und langjähriger Bankdirektor in Beirut während der Kriegsjahre, konnte mit seiner Idee, Konzerte im westlichen (vorwiegend muslimischen) wie östlichen (christlichen) Lager zu spielen, schließlich die meisten überzeugen. Dazu schien die Zeit im Libanon selbst reif für die endgültige Versöhnung, alle sehnten sich nach Frieden. Die Neunte von Beethoven war ohne Zweifel dafür das einzig mögliche Musikstück. Sie sollte zweimal im Kasino in Ostbeirut aufgeführt werden. Für den muslimischen Teil hatte man sich ein Kino und leicht verständliche Wiener Walzer ausgesucht, da ein größerer Saal nach der Zerstörung der israelischen Invasion nicht zur Verfügung stand. Die Besetzung für beide Programme zu finden, war nicht so leicht, so waren wir uns einig, möglichst vielen jungen Musikern diese Chance zu bieten. Unter der Leitung des Karl-Böhm-Preisträgers und Mozarteumchefs Hans Graf kam dann auch eine alle zufriedenstellende Sängerbesetzung zustande.

Das Strauss-Konzert in einem Kino in Ostbeirut, das heil geblieben war, bestritt ein Ensemble aus Symphonikern in privatem Nebengeschäft.

Dennoch bestiegen die Musiker, allen voran und noch am wenigsten beeinträchtigt Stadtrat und Symphoniker-Präsident Zilk, das gecharterte Flugzeug der AUA in Schwechat mit leicht mulmigen Gefühlen. Absprache war, beim ersten gemeldeten „Knaller" noch aus dem Flugzeug steigen zu können.

Die Landung auf dem Beiruter Flughafen ging glatt, er war gerade wieder freigegeben worden, nachdem einige Wunden des Krieges auf der Landebahn ausgeteert waren. Am Ausgang erwarteten uns Soldaten der Armee, einer falangistischen Formation, die uns ab nun auf allen Wegen mit bewaffnetem Jeep vor und hinter den Bussen begleiten sollten. Eine „Madame" leitete das Sicherheitsbüro und wurde über jeden Schritt informiert, bevor die Busse sich in Bewegung setzen konnten. Zwei Hotels auf den (ungefährlicheren) Höhen Beiruts waren ausgesucht. Die Fahrt dorthin wurde immer wieder unterbrochen von Straßensperren, deren Soldaten alle Fronten dieses Krieges spiegelten.

Den Ernst ihres Einsatzes bewiesen die freundlichen „Bewacher", indem sie niemanden aus dem Haus ließen. Über eine angesetzte Probe war man in dem Hotel des Dirigenten offenbar nicht informiert, man wollte die kleine Gruppe der Solisten mit dem Dirigenten, die sich in der Hotellobby verabredungsgemäß zusammengefunden hatte, nicht zum Probensaal fahren lassen. Dies klärte sich nach einigen hektischen Telefonaten.

Beirut verriet trotz seiner zerschossenen Häuserfronten, der Ruinen aus den Straßenkämpfen, den alten Glanz der Hauptstadt der „Schweiz des Orients". Zwar stand das Hotel Phoenicia nicht mehr – im Innenhof der Trümmer stand noch eine zerfetzte Palme – aus dem ehemaligen Hotel InterContinental, gerade vor einigen Jahren fertiggestellt, wehten die Vorhänge aus den leeren Augen der Fensterfassaden, die zerstörte Zivilisation westlicher Prägung im Orient war allen neu und konnte manchen zu Tränen rühren. Trotzdem beeindruckte Beirut durch die immer noch spürbare Atmosphäre einer Stadt im Schnittpunkt der christlichen und muslimischen Welt wie durch ihre Lage am Rand der schneebedeckten Berge mit den Libanonzedern.

Das erste Konzert mit der Neunten Sinfonie galt für das Land als Wiederbeginn: Rundfunk und Fernsehen waren mit einer Übertragung in viele arabische Länder „live dabei", alle politisch bedeutenden Familien, einschließlich der des damaligen Präsidenten Gemayel, wollten an diesem Ereignis teilhaben. Freund Rellecke hatte Mühe, alle in dem nicht allzu großen Saal des Spielkasino unterzubringen. Es war zum ersten Mal, dass man sich nach den Bürgerkriegsjahren zu einem kulturellen Ereignis traf. Die Musiker, die als Mitglieder des Orchesters vor ungefähr vierzig Jahren das erste Konzert nach dem zweiten Weltkrieg in Wien spielten, erfasste die Emotionalität der Stunde besonders. Die nationale Erregung und der Jubel am Schluss der Neunten kam einer politischen Demonstration gleich. Bis heute haben sich „diese Töne" im Bewusstsein der Libanesen erhalten, bei jedem staatlich bedeutenden Medienereignis wird diese Neunte, die Aufnahme von damals, angespielt.

Am Vormittag des folgenden Tages fand im muslimischen Teil unter ebensolchem Echo das Strauss- und Schubert-Konzert statt.

Hier allerdings quoll der kleine Kinosaal über, das Konzert begann etwa eine Stunde später, Proben- und Aufführungsbedingungen erhielten den Anstrich einer alle Maße sprengenden Volksveranstaltung.

Denn der Zeitplan „Drei Konzerte in 48 Stunden", auch aus Sicherheitsgründen akribisch eng gefasst, musste eingehalten werden.

Das dritte Konzert mit der Wiederholung der Beethoven-Sinfonie im Kasino stand schon unter dem Druck der Abreise. Kaum war der „Götterfunken" erloschen, wurden die Instrumente auf einen Lastwagen gepackt, die Sänger und Musiker in die Busse getrieben und zum Flughafen gejagt.

Erst bei der Ankunft in Wien bemerkte man das Fehlen eines Instrumentes. Ausgerechnet ein gerade neu angeschafftes Kontrafagott war nicht mitgekommen, lag entweder noch im Saal, war vom LKW gefallen oder hatte einen Liebhaber gefunden. Die glaubwürdigste Darstellung kam jedoch von den Orchesterwarten, die es ja wissen müssen: „Do hot jemand g'laubt, unser Kontrafagott wär a Möasa!"

Dies wird auch durch die Tatsache belegt, dass in keinem Orchester im gesamten arabischen Raum ein Kontrafagott zum Verkauf angeboten wurde.

Dieser erste Versuch einer Versöhnung im Libanon führte leider erst im Jahr 1991 zum endgültigen Frieden. Die Konzerte erbrachten aber für die Hauptleidtragenden dieses unsinnigen Krieges, die

Kinder in den SOS-Kinderdörfern im Libanon, ein Einspielergebnis von DM 480.000.

Gottfried von Einem

Der „Riese" von Statur und Wertigkeit im intriganten Wiener Kultur- und Politik-Leben, – hatte er doch überall seine Fäden, mit den Salzburger Festspielen verband ihn eine unglückliche Direktionszeit, in Wien hatte er in Staatsoper, Musikverein, Konzerthaus und Musikakademie vergangene Ämter aber ewigen Einfluss, – fühlte sich irgendwie dem jungen westfälischen Generalsekretär zugetan. So fanden wir uns häufig zu Mittag, wenn er von seinem „St. Kringel" (Rindelberg im Waldviertel) gekommen war, im städtischen Getriebe, über Kunst und Musik gestikulierend, schließlich in einem typischen Wiener Gasthaus. Seine Bildung, sein Bühnen- und Theaterinstinkt, seine Erfahrung, die Kenntnis von Vorgängen und Persönlichkeiten im Wiener Leben waren zwar immer egozentrisch Komponisten-bezogen, aber von großem Wert für den unerfahrenen, naiven Neuankömmling.

Andererseits konnte ich ihm auch nützlich sein. So „zwang" ich den Musikverein im Jahre 1978 zu von Einems sechzigsten Geburtstag zu einer Gesamt-Perspektive seiner frühen Werke, indem ich jedes Konzert der Symphoniker mit einem von Einem-Werk von op.1 („Turandot", Vier Episoden für Orchester) bis opus 20 (Konzert für Klavier und Orchester) „ausstattete". Bei Generalsekretär Prof. Moser und Frau Direktor Gruder, den Programmverantwortlichen des Musikvereins, stieß dies auf leicht amüsierte

Duldung, wollte man doch auf der einen Seite nicht als Verursacher solcher Unpopularität zeichnen, auf der anderen aber auch das Direktoriumsmitglied von Einem nicht brüskieren, wenn ein Mann der zweiten Reihe, ein Symphoniker gar, diese Vorschläge machte. In Wien haben die Komponisten von jeher keinen guten Stand, dazu verstehen zu viele etwas von diesem Handwerk, sind zu viele Komponisten und damit Konkurrenten. Erbärmlich und menschlich erschreckend, was in den Zirkeln, auf Empfängen und Salons mit dem Anspruch eines Mozart, Mahler oder Bruckner vor dem Hintergrund des Fehlurteils der Geschichte und dem Missverständnis der Zeitgenossen an Zumutungen und Unterwerfungen zu ertragen war. Über dieser Hundertschaft menschlichen und kompositorischen Elends ragte Gottfried von Einem eben wie der oben erwähnte Riese hinaus.

Meine Redakteurszeit in Köln brachte mich zweimal vorher mit ihm zusammen. Der Komponist durfte nicht fehlen, wenn im Hause seines Schwagers von Bismarck, dem Intendanten des WDR Köln, eines seiner sinfonischen Werke aufgeführt wurde. Ein aktueller Auftrag brachte mich anlässlich der Uraufführung seiner Oper „Besuch der alten Dame" nach einem Libretto von Friedrich Dürrenmatt in seine Wohnung in der Marokkanergasse im dritten Wiener Gemeindebezirk. Dort fand ich die beiden alten Herren von Einem und Dürrenmatt angeheitert und in einem fetzigen, amüsanten Dialog vor und hatte damit viel Material für meinen Hörfunk-Bericht.

Als Vorstand regierte von Einem auch die Alban-Berg-Stiftung auf Wunsch der Witwe Berg, einer damals über 80-jährigen Dame. Friedrich Cerha, menschlicher und kompositorischer Antipode, wollte Alban Bergs Lulu vollenden. Dies und der mehr nach vorn gerichtete Kompositionsstil Cerhas und damit auch sein Erfolg in der westlicheren Welt, vor allem bei den deutschen Rundfunkanstalten, steigerte die Zwietracht.

Der Verlag hatte schon Aufführungen für die vollendete „Lulu" erworben, für ihn war die Neufassung eine Frage des Geldes, verlängerten sich doch durch diese „Neubearbeitung" die Rechte um weitere Jahrzehnte. Die Empörung bei Gottfried von Einem und der Berg-Stiftung war groß. Ein Prozess wurde angestrengt, jedoch verloren. Alban Bergs Oper „Lulu" wurde (nachträglich vollendet wie Mozarts „Requiem" oder Puccinis „Turandot") in Cerhas dreiaktiger Version unter der Leitung von Pierre Boulez im Februar 1979 in Paris uraufgeführt.

Von Einems letzte große Oper nach einem Libretto seiner Frau Lotte Ingrisch, „Jesu Hochzeit", entfachte einen Skandal. Das ganze katholisch-beleidigte Österreich hatte sich zusammengetan, um diese Befleckung des reinen Glaubens zu verhindern.

Die Ereignisse vor der Aufführung:

- Öffentliche Diskussionen mit Aufbietung aller geistigen und geistlichen Kräfte, veranstaltet von der Österreichischen Gesellschaft für Literatur und dem PEN-Club
- Strafanzeigen wegen Blasphemie
- unendlich viele Leserbriefe mit Niveau und ohne
- neben der Live-Sendung in Hörfunk und Fernsehen Berichte vor der Premiere, in der Pause und nach der Premiere
- unflätige Äußerungen der Librettistin gegenüber, die nicht nur ehrenrührig, sondern auch strafbar waren.

Eine Dokumentation des Theaterwissenschaftlichen Institutes in Wien fasst dies alles zusammen („Pro und Kontra" – Dokumentation eines Opernskandals von Margret Dietrich und Wolfgang Greisenegger, Böhlau Wien 1980).

Die Aufführung im Theater an der Wien stand unter der Leitung von David Shallon, vom Komponisten eigens ausgesucht. Im engen Orchestergraben drängten sich die Wiener Symphoniker. Die Regie von Gian Carlo del Monaco tat das Ihre, manche Zartfühligkeit zu verletzen.

Die Demonstration der Gläubigen vor dem sündigen Theaterhaus und auch die Proteste während der Aufführung vermochten die Vollendung der Aufführung jedoch nicht aufzuhalten. Die Kritiker schrieben sich am Tag darauf ihre Enttäuschung nach dem Rezept „Viel Lärm…" von der Seele.

Von Einems Gesamt-Werk gilt auch nach seinem Tod unangefochten als bühnenwirksam und publikumsfreundlich.

Einen Komponisten mit dieser direkten politischen und gesellschaftlichen Einbindung hat es bisher nicht wieder in Österreich gegeben.

So endet dieses letzte Kapitel eines Buches über einen bewegenden Zeitabschnitt der Musik in Wien sinnigerweise mit dem letzten bedeutenden – manchmal belächelten, manchmal bewunderten – Komponisten in der Erbfolge von Gustav Mahler und Richard Strauss.

Dokumentation: Die Dirigenten der Wiener Symphoniker

Spielzeit 1977/78

Rossi, Melles, Guschlbauer, Etti, Leitner, Giulini (Bruckner 9.), Ahronovitsch (Österreichreise und Laibach), Bertini, Swetlanow, Leinsdorf (Salzburg, Linz), Skrowaczewski, Rajter, Ferencsik, Zeilinger, von Matacic, Märzendorfer, Deaky, Neumann, Ungar, Semkow, Sanderling, Kitaenko, Boettcher, Caridis, Neuhold, Soltesz, Albrecht, Jochum (Bregenzer Festspiele), Hollreiser (Bregenzer Festspiele), Benzi, Franci (Bregenzer Festspiele), Hager

Spielzeit 1978/79

Stein (Deutschlandtournee), Neuhold, Giulini (Schallplattenprod. mit Arturo Benedetti Michelangeli), Dohnanyi, Caridis, Barschai, Theuring, Melles, Sinopoli, Seipenbusch, Nanut, Soudant, Richter, Ferencsik (Österreichtournee), Slatkin, Keuschnig, Skrowaczewski, Eschenbach (erstmals, Reise nach Rumänien), Pascan, Boettcher, Pereira, Semkow, Richter, Belohlavek, Hager (Melk), Guschlbauer (Grafenegg), Nazareth, Rudel, Zeilinger, Wallberg, Kitaenko, Österreicher, Bertini, Narc, Roshdestwenski, Albrecht, Patané, Abbado (Festwochen), Prêtre, Mechkat, W. A. Albert (Arkadenkonzert), Kosler (Bregenzer Festspiele), Ahronovitsch (Bregenzer Festspiele), Wallat (Bregenzer Festspiele)

Spielzeit 1979/1980

Giulini (Schallplattenprod. mit Arturo Benedetti Michelangeli, Mozart Requiem Linz), Leitner, Bertini (Mahler-Tage Düsseldorf), von Matacic, Dohnanyi, Zeilinger, Ahronovitsch, Hollreiser, Semkow, Weller, Soltesz, Skrowaczewski, Gielen, Melles, Boettcher, Bergel (9. Sinfonie), Albrecht (Schweiz-Tournee), Bertini (Graz, Zagreb), Giulini (Eröffnung Festspielhaus Bregenz, 1. Symphonikertag), Etti, Melles, Lopez-Cobos (Salzburg, Linz), Stein, Davis, Ferencsik, Neumann, Shallon, W. A. Albert, Wallberg, Eschenbach, Weikert, Guschlbauer, Leitner, Wöss, Hager, Urbanek, Shallon (Uraufführung „Jesu Hochzeit" von Gottfried von Einem), Slatkin, Soudant, Foster, Macal, Graf, Lehel, Entremont, Böhm (Bregenzer Festspiele), Stein (Bregenzer Festspiele), Jochum (Bregenzer Festspiele), Ahronovitsch (Bregenzer Festspiele), Wallberg (Bregenzer Festspiele)

Spielzeit 1980/1981

Ahronovitsch, Sawallisch (erstmals nach 10 Jahren, Europa-Tournee, Symphonikertag), Davis, Albrecht, Frühbeck de Burgos, Melles, Belohlavek, Zagrosek, Kondraschin, Albrecht, Bergel, Abbado (Beethoven 9.), Graf, Eschenbach (Österreich-Tournee), Tilson Thomas, von Matacic, Giulini, Melles, Jochum (Linz, München, Zagreb, Villach), Travis, Stein, Nelsson, Stein, Schreier, Ferencsik, Rahbari, Roshdestwenski, Leitner, Ferro, Prêtre, Bertini, Wallberg, Santi, Chailly, Shallon, Sawallisch, Andreae, Inbal, Morgan, Mackerras, Prêtre (Bregenzer Festspiele), Roshdestwenski

(Bregenzer Festspiele), Guadagno (Bregenzer Festspiele), Kitaenko (Bregenzer Festspiele)

Spielzeit 1981/1982

Giulini (letztes Konzert, Linz), Roshdestwenski (1. Symphoniker-Matinee), von Matacic, Albrecht (Bratislava), Eschenbach, Ferencsik, Swetlanow, Bergel, Soltesz, Bertini, Neuhold, Skrowaczewski, Foster, Schreier, Sawallisch (Beethoven 9.), Loughran, Sawallisch (Österreich-Tournee, Laibach, Meran), Kitaenko, Barschai, Eschenbach, Etti, von Matacic (Linz), Chung, Dragon, Eschenbach (Japan und Hongkong), Albrecht, Jochum (München, Nürnberg), Graf, Stein, Lopez Cobos, Davis, Roshdestwenski (Prag, Paris, Dijon), Weikert (Eisenstadt), Hollreiser, Wöss, Wallberg, Jochum (Bregenzer Festspiele), Eschenbach (Bregenzer Festspiele), Gardelli (Bregenzer Festspiele), Roshdestwenski (Bregenzer Festspiele)

Spielzeit 1982/1983

Eschenbach (USA-Tournee), Roshdestwenski, Keuschnig (Graz Steirischer Herbst), Nelsson, Shallon, Bertini, Rahbari, Albrecht, Guschlbauer, Jochum, Melles, Graf (Beethoven 9., Beirut), Dohnanyi, Wallberg, Roshdestwenski (Österreichreise), Slatkin, Caridis, von Matacic, Tilson Thomas, Cambreling, Ötvös, Stein, Travis, Zeilinger, Macal, Hager (Wiener Festwochen „Zaide" von Mozart), Gielen, Harnoncourt, Sawallisch, Roshdestwenski (Lausanne), Kuhn, Segerstam, Baudo, Hollreiser, Prêtre (Bregenzer

Festspiele), Leitner (Bregenzer Festspiele), Hager (Bregenzer Festspiele), Roshdestwenski (Bregenzer Festspiele)

Spielzeit 1983/1984

Roshdestwenski (letzte Tournee, Bratislava, Prag, Südamerika), Melles, Sawallisch (Linz), Slatkin, Nelsson, Hager, Albrecht, Graf, Keuschnig, Frühbeck de Burgos, Loughran, Sieghart, Dohnanyi (Beethoven 9. Sinfonie), von Matacic, A. Fischer, Ötvös, Macal (Österreichreise, Zagreb, Laibach, Meran), Barschai, Vonk, Gülke, ohne Dirigent (1. Faschingskonzert), Guadagno, Leitner, Scheidt, Järvi, Bergel, Bertini, Wallberg, Nazareth, Stein, Graf (Grafenegg), Wand (zum 1. Mal), Koncz, Prêtre, Harnoncourt (Hohenems), Marriner, Boncompagni, Weikert, Binder, Foster, Hollreiser (Bregenzer Festspiele), Graf (Bregenzer Festspiele), Eschenbach (Bregenzer Festspiele), Wakasugi (Bregenzer Festspiele)

Spielzeit 1984/1985

Harnoncourt (Deutschland/England-Tournee), Vonk/Sieghart (England-Tournee), Nelsson, Graf, Tilson Thomas, Dohnanyi, Hager, Stein, Lopez Cobos, Venzago, Wallberg, Eschenbach (Beethoven 9., Österreich-Tournee), I. Fischer, Bertini, Gelmetti, Gavazzeni, K. Richter, Janowski, Seipenbusch, Sieghart (St. Pölten), Ahronovitsch, Guschlbauer, Hager, Skrowaczewski, Schneider, Albrecht, Macal, Prêtre (Prag, Linz, Italien), Sawallisch, Gulda,

Lehel, Iwaki, Fournet, Wallberg, Navarro (Bregenzer Festspiele), Wand (Bregenzer Festspiele), Vonk (Bregenzer Festspiele)

Spielzeit 1985/1986

Gülke, Jochum (letztes Konzert), Keuschnig, Bertini, Sawallisch (USA-Tournee), Mackerras, Gomez-Martinez, Bychkov, Eschenbach, Sieghart, Stein, Prêtre (Beethoven 9.), A. Fischer (Graz), Bychkow (Österreichtour und München), Sanderling, Navarro, Talmi, Wallberg, Graf, Caetani, Soudant, Hager, Nazareth, Harnoncourt, Albrecht, Menuhin, Frühbeck de Burgos, Macal, Falk, Tippett, Leinsdorf (Bologna), Vonk (Paris), Wand, Dohnanyi, Comissiona, Wöss

Dokumentation:
Chronologie der Reisen

Zeitraum	Ort	Dirigent
Jan 1979	Österreich	Yuri Ahronovitsch
		Erich Leinsdorf
Mrz 1979	Rumänien	Christoph Eschenbach
Okt 1979	Düsseldorf	Gary Bertini
Jan 1980	Schweiz	Gerd Albrecht
Jan 1980	Österreich	Janos Ferencsik
Okt 1980	Europa	Wolfgang Sawallisch
Jan 1981	Österreich	Christoph Eschenbach
Mrz 1981	München, Zagreb, Villach, Linz	Eugen Jochum
Jan 1982	Österreich	Wolfgang Sawallisch
Apr 1982	Japan/Hongkong	Christoph Eschenbach
Jun 1982	Prag, Paris, Dijon	Gennadi Roshdestwenski
Okt 1982	USA	Christoph Eschenbach
Jan 1983	Beirut	Hans Graf
Jan 1983	Österreich	Gennadi Roshdestwenski
Jun 1983	Lausanne	Gennadi Roshdestwenski
Okt 1983	Bratislava, Prag, Südamerika	Gennadi Roshdestwenski
Jan 1984	Österreich	Zdenek Macal
Jun 1984	Hohenems	Nicolaus Harnoncourt

Zeitraum	Ort	Dirigent
Okt 1984	Deutschland, England	Nicolaus Harnoncourt
		Hans Vonk
		Martin Sieghart
Jan 1985	Österreich	Christoph Eschenbach
Mai 1985	Prag, Linz, Italien	Georges Prêtre
Okt 1985	USA	Wolfgang Sawallisch
Jan 1986	Österreich	Semyon Bychkov
		Ivan Fischer
Mai 1986	Bologna	Erich Leinsdorf
Okt 1986	Japan	Christoph Eschenbach
Jan 1987	Österreich	Leopold Hager
Jun 1987	Frankreich	Georges Prêtre
Herbst 1987	Deutschland	Georges Prêtre
Jan 1988	Österreich	Georges Prêtre